姉が壊れた。

月島真昼
TSUKISHIMA MAHIRU

ステキブックス
013

目次

DTP＝七守　悠
装　丁＝中田舞子

姉が壊れた。

第一章　姉

姉が壊れた。てか壊れてた。

俺の姉は五年前に結構いい大学卒業して結構いい会社に就職して営業担当になって一人暮らし始めて、一年目からなんかの賞を取って元気でばりばりやってたはずだったのに、前に「彼氏とポケモンやるんだけどSwitch貸してくんない？」「は？　稼いでんだから自分で買えよ」「いいじゃんべつに。どうせ最近やってないんでしょ」ってやりとりがあって実際俺は大学の研究室でわちゃわちゃやってるのが忙しくてゲームがご無沙汰だったから貸してやったきりすっかり忘れてたSwitchをダイパのリメイクが発売されたのを機に取りに行って「ちょ、待って。いまダメ」「何？彼氏来てんの？」「違うけど」「じゃあいいじゃん」渋る姉を強行突破して部屋に入ったら窓にはガムテープで目張りしてあってリビングの中央にでっかい七輪《しちりん》と練炭《れんたん》が置いてあった。

「あの、その、ち、ちが、さ、さんま。さんま焼こうとしてたの」

言い訳しようとしてそのうち口があわあわして何も話せなくなってきた姉がおもしろくて俺は「ウケる」と言った。

おまえさぁ。中学からずっと成績優秀でスポーツも万能で高校ではバドミントンで全国大会出たし大学は地元で一番いいとこ入ってそこで成績優秀者で表彰されたやつだったのに、こんな終わり方しようとしてたわけ。まじかよ。くそウケるわ。こちとら高校は底辺だしスポーツはもやしだしで、親から尻叩かれて大学だけはそこそこのとこ入ったけどいいように使われて友達もいねーしへたれてんぞ。おまえの百倍みじめな俺が生きてんのにおまえ死ぬのかよ。

俺が馬鹿笑いしながら窓からガムテープ剥がしてったら、姉はなんか床に座り込んで「うわーんうわーん」って泣きだす。やかましいけど放っておいてガムテープを全部剥がし終わったから姉の手を引いて寝室に移動させようとしたが姉は立てないらしいので仕方なく横抱きにした。姉を抱いたまま腕が攣りそうになりながらノブを掴んで隣の部屋のドアを開ける。先に開けときゃよかったと後悔した。奥にあるベッドに姉を横たえる。姉は軽かった。布団を被せて手だけ握ってやったら腕に縋《すが》りついてくる。おまえ何があったんだよ。昔は「きっしょ。猿。死ねよまじで」とかって俺のこと嫌ってたじゃねえかよ。まあ話したくないなら話さないでいいけど。

よくよく見たらバドミントンで全国行ったはずの筋肉質だった姉の体は随分肉が落ちて骨っぽい。長かった髪も適当に短くしてて手入れをサボっているのか艶がない。こいつちゃんと食ってるんだろうか。元々間食大好きで寝る前にポテチ開けて親に怒られてた姉の寝室には食べかす一つ落ちてない。そもそもこの部屋、姉が入居したときとほとんど変わってないように見えてこいつ部屋ちゃんと使ってるんだろうかと思う。そういえば七輪置いてたリビングにも生活感はなかった気がする。ブラック企業体験談みたいなので読んだ「家には寝に帰ってるだけ」みたいなのが思い浮かぶ。姉の泣きモードはうわーんうわーんからあおーんあおーんに移行していて経験上たぶんここからもうちょっと静かになってしくしくになってめそめそに変わるはずなんだけど、あおーんあおーんがなかなか終わらない。イラついてきたけどなんかもういいから好きなだけ泣けって気持ちになって服の袖が鼻水でべちょべちょなのもまあ我慢してやる。

無事な左手でスマホ取り出して「親に連絡しとくかなぁ？」とか思ったが昔から姉に過度な期待を寄せがちだった親が余計なプレッシャーを与える気がして一旦やめとく。言うにしても姉がまともに話せる状態になって同意を取ってから連絡しようと思う。ひまだったからネットサーフィンを始めたら姉のあおーんあおーんが突然途切れて、姉はゲーム機の電池が切れたみたいにぷつんと寝た。

姉が縋りついてた腕をゆっくり引き抜いて、俺はリビングに移動して興味本位で姉のスマホを探す。あった。テーブルの上に放りっぱなしになっていた。その横には「お父さんへ　お母さんへ　敦《あつし》へ」と表に書かれた三通の手紙が置いてあったけどまあそれはあとで三通とも読まずに焼く。

姉の iPhone はロックがかかっていたけれど姉のセキュリティはガバガバなのでどーせ生年月日とかで開くんだろうなと思っていたら案の定１２０９でヒットする。クリスマス直前に生まれてきてしまったがためにクリスマスに一緒にお祝いされて他の人間は誕生日を別個で祝うものだと小学校に上がるまで知らなかったあわれな姉。

ＬＩＮＥの通知が溜まっていて開いたら平岡《ひらおか》課長なる人物からアホほどメッセージが送られてき

ている。あれー。姉って今日休みの日じゃねー？　と、思ってたらその平岡課長から電話がかかってくる。出てみる。

「てめえどこで何してやがる」

第一声で怒鳴り声。黙って何を喋るのか聞いてたら社会人たるもの上司からの連絡には休みの日でもすぐに応答できるように備えとくのがあたりまえでー、から始まる説教が五分続いたあたりで俺はスマホをテーブルに置く。いつまで喋ってるのかなー、と思ってたら平岡課長の説教は十分続いてそのうち姉の容姿や身体的特徴をあげつらい始める。ハイになってきた俺は自分のスマホを隣に置いて通話の内容を録音する。ちゃんと録れてっかなー。平岡課長の罵声はついには十五分を越える。そのあたりでようやく「わかったのかてめえこら」で一旦息継ぎが挟まった。息を吸って次の説教を始めようとしている気配が伝わる。ほっといたら一時間でも二時間でも怒鳴ってそうだ。さすがにめんどい。おい。おっさん。ちょっとストップな。

「あの、俺、由美《ゆみ》の弟ですがこれってパワーハラスメントにあたるのでは？」

俺が言うと、二秒の沈黙のあと通話が切れた。

俺は姉のスマホから平岡課長からのＬＩＮＥでのパワハラとセクハラの入り混じった地獄のような内容をスクリーンショットして俺のスマホに片っ端から転送する。やりとりはスクロールするだけでもうんざりするくらいの量があった。平岡課長の言葉には姉の業務態度が気に食わないとかではなくて、なんかもう姉を否定して傷つけるのが楽しくてしょーがないような感じが端々から感じ取れて俺は人間の邪悪さを垣間見た気分になる。次大学行ったときにちょっと民事訴訟つよつよの山路《やまじ》教授に相談してみよう。だいぶ無理して法学部に入ったメリットをはじめて感じた。
デバガメ根性を全開にしてついでに彼氏とのやりとりを覗いてみたら、姉はだいぶ前に新庄《しんじょう》さんと別れていて、どうやら雰囲気が暗くなって仕事関連のことでスマホを気にしてばかりの姉のことを新庄さんが嫌になって振ったらしい。新庄さんはセックスの最中に「ＬＩＮＥ来てるから」と言ってベッドを抜け出した姉の愛情を信じられなくなったらしくて、あー、そりゃ自信なくなるかもなー、とは思った。童貞だからうまくイメージできんがな。
さて。姉の現状はだいたい把握した気がするが、一応俺は俺の内心を確認しておこう。

姉が死ぬのは嫌だろうか？

しばらく考えた。俺は「優秀な姉とそれほどでもない自分」にわりとコンプレックスがあった。姉はべつに性格いいやつじゃねーし、いろいろ不利益を被ってきた。対戦ゲームで俺が勝つと「いんちきするな」とか「ハメ技使うな」とかキレだして威圧してきた姉の態度が、俺の他人にビビりがちな人格の形成に与えた影響は結構デカいと思っている。（自分は同じ技を平気で使うくせに）
俺は姉のことがべつに好きじゃない。
かといって、じゃあ死んだらいいか？　って訊かれたらそれもまたちょっと違う気がする。

むしろ償え。俺に罪悪感を覚えて生きろ。

そんな感じだ。ＯＫ。俺は姉が死ぬのは嫌だ。確認完了。それはそうと貸してたSwitchは回収しておこう。どうせこのへんの収納ボックスの引き出しの中だろうと適当に漁ったらあった。当初の目的は達成した。俺のポケモンライフは守られた。

そのあたりでベッドの方からしくしくしくー、って啜《すす》り泣きが聞こえてきて「あっくん……」とか子供の頃の俺のあだ名を呼んでて、幼児退行してる姉に俺はもう一回ウケる。寝室に行ってみたらベッドでしくしくやってる姉が壁向いたままで「夢で、夢だとあっくんが助けてくれた……」とか言ってて俺は堪えきれなくなってでもなるべく押し殺そうとして「くっくっくっ」て悪役っぽい笑い声を上げてしまう。

姉ががばっと振り返る。

「よお、おはよ」

　姉はしばらく俺を見つめてフリーズしていた。目をごしごし擦る。上目遣いに俺を見る。「あっくん？」呟く。子供の頃のあだ名をいまさら持ち出されることにくすぐったさとかないわけではなかったけれどそんなこと言ってもしょーがねーかなと思って黙っておく。

「え。うそ。なんでいるの。どこまで夢？」

「腹減ったくね。なんか食うべ。冷蔵庫開けたけどなんもないのな」

　ちなみにさんまは入っていなかった。草。

「あれ？　ん？　あれ？」

　脳がバグってる姉の言うことを意識的に無視する。

「買いもの行こう。着替えろよ」

「あ、うん……？」

　寝室出てちょっと待ってたが、姉は部屋から出てこない。こんこんこん、と三回ノックしてみる。返事なし。「どうした？」返事なし。ドアを開ける。姉はぺたんと床にしりもちついて足開いて座ったままで動かない。「なんか動けない」顔だけで俺を見上げて困ったように見つめる。「どうしよう」視線を下げる。

「動けないなら動かなくていいんじゃね？」

　あくびしながら俺が言う。

「そうなの？」

「そうなんだよ」

横になりたいか？　とベッドを指さして訊いたら「べつに」と答えたからとりあえず姉は床に座らせておく。

「なんか食い物買ってくるわ。何がいい？」

「　　　」

口を開いては閉じてなんか食べたいものを言おうとしてるんだけど、食べたいと思うものが見つからないらしい。食べるの大好き人間で昔から親が「何作ったらいいか困るわー」とか愚痴る度に「ハンバーグ食べたい！」、「焼肉！」、「からあげ！」てがっついてた姉が食べたいものさえ見つけられない状況がなんかウケる。最終的にはうちの親は姉のあれ食べたいこれ食べたい攻撃に負けて「何作ったらいいか困る」と愚痴ることをやめたのに。

俺も屈んで座ってる姉に視線を合わせる。姉のひとみを見つめる。大きくてくりくりで吸い込まれそうなひとみ。ちょっと目力があるタイプ。数少ない俺の友人が誰か女優に似てるってたな。誰だっけ。篠原涼子《しのはらりょうこ》？　しばらく黙って見つめ合ってたが姉が先に視線を逸らして下を見た。勝った。

「食いたいもんないなら適当に買ってくるが、俺の趣味で買うから文句言うなよ」

姉が首だけ動かしてコクコク頷く。

俺は一旦リビングに戻って姉のスマホを持って貸しアパートの姉の部屋を出る。

一歩外に出たら圧迫感みたいなものが肩の上にのしかかって、座り込みそうになった。異常気象で十一月なのに中途半端に暑かったり寒かったりするから寒いのが嫌いな俺は上着を着てきたのだが今日は妙に蒸し暑くて空気まで俺を殺しにかかってきてる気がする。

なんだあれ？　あれほんとに姉か？

元々の姉は活動的でエネルギーに満ち溢れていてそのエネルギーを発散させる方法に困っていた。学生時代は新庄さんに落ち着くまで彼氏をとっかえひっかえにしてたし勉強もスポーツもなんだってできることには全力で何やっても楽しそうで光り輝いていた。その姉が、いま暗黒に包まれている。自分の意思で立つことも難しくなるような状況に追い込まれている。エネルギーが底をついて空っぽになっている。

歩きだす。姉の惨めさを「くっそウケる」と思ってる俺と「瀕死じゃん、やっぱ」と思ってる俺が六対四の割合で混在している。いまのところややウケるが強い。

近所のスーパーに向かう。昼間っから電気を無駄遣いして看板をピカピカ光らせているスーパーに入り、適当に食材を買う。すぐ食える総菜のからあげとかだけでなく2Lの米とか肉とか卵とか野菜とかも買っとく。当面泊まろうと決めていた。同じことしないように監視の目がいるとかも思ったのだが単にいまの姉には人の助けがいりそうだったから。それっぽい理由の合間に「もっとウケていたい」、「姉の状態を内心で嗤いたい」という暗い感情も出てくる。幸い料理は簡単なものならできる方だ。ラブラブな両親が二人で旅行に出かけるときのために一人で飯作れるように仕込まれたからだ。くそが。

五千円札一枚分の食材を買ってアパートに戻ると、姉がリビングを荒らしていた。引き出しという引き出しが開けられて中身がひっくり返され冷蔵庫まで開きっぱなしになりカーペットが捲られて窓の傍に放り投げられていた。

出て行くときはあんなに動けなかったのに随分元気だな、こいつ。

姉は憔悴《しょうすい》しきった顔で俺を見てすっ飛んできて肩を掴む。痛い。

「ない。ないの。スマホがないの。あっくん知らない？　どうしよう……怒られる……怒られる……」

「ああ、スマホね。これ没収な」

俺はポケットから姉のスマホを取り出して、見せる。

「え、え？　なんで？　なんで持ってるの。なんで没収なの」

「依存症じゃん。不健康だわ」

「ダメだよ。怒られちゃう。怒られちゃうから」

うわー。おまえいっつも怒る側だったじゃねーか。しょーもないことでキレまくってたじゃねーか。おやつのプリンを俺が食っただけなので。（食ったのは母だった）

そういえばたまにうちに来てたバド部の後輩からは「優しくてすてきな由美先輩」で通ってたこ

とを思い出す。俺の知ってる姉とバド部での評価が違いすぎてイライラしたもんだ。

　スマホを取り返そうと弱々しく縋りついてくる姉を片手で遠ざけながら、買ってきた総菜をレンジに放り込んであっためる。冷蔵庫に各種食材を仕舞い込む。さっき運んだときにもちょっと思ったんだけど、本気出したら男の俺を捻《ね》じ伏せれたはずの姉の身体が冷たくて硬くて軽いことを俺は視覚だけでなく実感として感じ取る。そこには熱量があって柔軟性があって太ってるって意味じゃなく厚みのあった昔の体の面影はない。冷蔵庫を開けて中のものに触れたときに「ん？　なんか冷たくないぞ」と思ったら、姉のキッチンの冷蔵庫はコンセントを引っこ抜かれていた。電気代の無駄だと思ったんだろう。まじでほんとにこの部屋、使ってなかったんだな。プラグをコンセントに突っ込む。嫌な予感がして電子レンジを見たら電子レンジもコンセントが刺さっていなかった。溜め息つきそうになりながら差し込んだ。レンジが動きだす。

　誰かにこの状況を共有して一緒にバカ笑いしたい気持ちになったのだがおそらくこの状況を笑ってくれるやつは俺の数少ない友人の中には存在しねーんだろーな。

　電子レンジがあっため終了の合図を鳴らしたから俺はからあげとかお好み焼きとかチャーハンとかサバの塩焼きを引っ張り出す。スマホに手を伸ばす姉を半ば引きずるようにして白いローテーブルにそれらの総菜を並べる。姉の肩を押して座らせて貰ってきた割り箸を差し出す。俺も座る。あぐらを組む。

「とりあえず食おうぜ。冷める」

納得した風ではなかったけれど姉は総菜を見下ろして頷く。

姉と一緒に飯食うのは随分久しぶりだなとなんとなく思う。

姉はスーパーの総菜をもそもそ不味《まず》そうに食う。食べながらぼろぼろ泣きだす。片手で俺の袖を取ってぎゅっと握る。新庄さんと別れて以来、仕事以外の誰かと飯食うことがあんまりなかったのかもしれない。LINEの履歴からは仕事が忙しくてプライベートが疎かになってたことが伝わってきた。それから姉が部屋目張りして練炭を焚《た》こうとしていたことを誰にも伝えていなかったことも。なんかで聞いた「自殺しようとしてることを他人に伝える人は、止めてほしがっていてSOSを出してる、それはそれで間違いってわけじゃないんだけど、ほんとに死のうとしてるやつは止められたくないから黙って死ぬ」というのを思い出す。ほんとに死のうとしてるやつは黙って死ぬ。俺が今日Switch取りに来たのはたまたまだった。じゃあ今日たまたま取りに来なかったら?

食いづらかったから俺の右袖を握る姉の手を掴んで肩に移した。

「俺、しばらく泊まるから」

姉は思ってもみなかったって顔をする。

「だいがくは?」

「こっから通う」

つーかここ、駅から近いし、ぶっちゃけ実家より全然利便性いいんだよな。

姉はなんも言わない。べつに不快ってわけじゃなさそうなのはまあよかった。俺の存在が負担になってたらざまぁない。

しばらく二人で無言で飯食ってて、食い終わったあとでぼーっとしてたら姉が「スマホ……」と言って俺を見る。

「ダメです」

「やることない」

あーね。ＬＩＮＥ見る限りでは知り合いとのやりとりはだいたい全部凍ってるんだけど、休日はソシャゲとかネットとかそういうので時間潰してたんだろうか？　「ポケモンやる？」試しに訊いてみる。「ポケモン？」姉は首を傾《かし》げる。

なんでせっかく買った新作を姉に提供してるんだろうとかなり疑問符だったのだが俺はできるだけすぐにやろうと持ってきてた『ポケットモンスターブリリアントダイヤモンド』のカードをSwitch に差し込む。ＤＬが始まってすぐに終わる。

「ほれ」

「ポケモン……」

渡してやると姉の手がSwitch を包む。

「俺、ちょっと荷物とか取ってくるわ」

「うん」

ついでに七輪と練炭を持ち出す。アパート前のゴミ集積所にポイっと捨て、……ようとしてちょっと考える。これも証拠じゃね？　考えた末に俺の部屋に置いとくことを決める。姉の部屋に戻りスマホでぱしゃっと撮影し、ゴミ袋を持ってきてくるんで抱える。何やってるんだろ？　って不思議そうな目で姉がこっちを見てた。

心情的には姉のスマホも捨てたい、つーか叩き壊したい。持っとくべきなんだろう。もっかい外に出てから、目張りした部屋の写真も撮っといた方がよかったんだろうなと思いつく。ガムテープ貼っつけたあとが残ってるからそれだけでもあとで撮っとくか。

姉の勤めている会社に電話する。休みくれって言うつもりで。誰も出なかった。休日だからあたりまえか。こういうときってふつうは上司に連絡するのかとかちょっと考えて「あれ」に電話かけるのヤだなと思う。明日の朝イチでいいか。

一回電車に揺られて家に戻って（七輪抱えてたから変な目で見られた）、着替えとか歯ブラシとか使いそうな教科書とかを纏める。うちにいた母に「しばらく友達のとこ泊まるわ」とだけ言う。姉のとこ、って言ったらいろいろ詮索されそうで躱《かわ》すのが面倒だった。

「あんたもうちょっと早く言いなさいよ。ごはん作りかけだったじゃない」

時計を見る。午後三時。そんなに遅くもねーだろと思ったが口論するのが面倒だったので「すまぬ」と言っておく。トマトスープの匂いがしてる。ロールキャベツかなんか煮込んでるんだろうか。

「ふざけてないでちゃんとした言葉使わないと就活落ちるわよ？」

余計なお世話だ。

姉はすげー勢いでポケモンをやっている。俺が戻ったときにはクロガネのジムリーダーを倒してバッチをゲットしていた。姉のナエトルは早くもハヤシガメへと進化し、いまはハクタイの森を彷徨《さまよ》っている。

仕方なく姉がポケモンやってる向かいでイヤホンを耳に突っ込んで音楽を聴きながら教科書とノートを広げる。同じ高校からべつの大学に行ったやつらが同窓会のときに「え、おまえ大学入って勉強してんの？　まじ？」俺を信じられないものを見る目で見てた。俺だって遊ぼうと思ってたんだっての。

姉は時折俺を見て自分のスマホを取り戻そうとする素振りを見せるが、勉強してる俺の邪魔をするのは気が引けるのか直接的な行動には移してこない。なんか用事があるときは俺が勉強してようがマンガ読んでようがゲームしてようがイヤホン引っこ抜いて自分の言うことを聞くように命じてきた姉からは信じられない。果たしてそれが進化なのか退化なのか。姉は進化しかできないポケモンなのか退化も可能なデジモンなのだろうか。

耳元で音楽鳴ってるのにこう言うのも変だけど、静かな時間だった。

俺は姉との幼少期をやり直してるような錯覚に襲われた。まあそう感じてるのは俺だけで姉はスマホが気になる他はポケモンに集中している。草タイプのジムリーダーのナタネを飛行タイプのヤミカラスで強襲している。他のことはなんも考えてなさそうだ。

そのまま夕方を過ぎてきて、米を炊いてキャベツとたまねぎを切って肉と一緒に炒めて焼肉のたれで味つけした野菜炒めとあとはみそ汁を作って、食う。明日はもうちょっとましなもの作りたい。

それが終わると姉は再びポケモンに戻る。俺は疲れてシャワーを借りたあとにリビングに布団を敷く。姉がぽちぽちゲームやってるのを横目に寝る。部屋は明るいままだが俺は明るくても寝れるタイプだ。

朝になって目を覚ます。荷物の中の姉のスマホを確認する。ある。姉はいない。寝室に戻ったんだろうか。起こさないようにこっそり見に行くとベッドの向こう側からSwitchのライトが姉の顔を照らしているのが見えた。部屋を閉じる。

歯を磨いて、大学に向かうべく姉の部屋を出る。精神を灼いてくる朝の陽ざしを浴びながら駅に向かう。途中でなんかやらないといけないことがあったはずだと考えて姉の休暇の件を思い出す。電話をかける。今度は通じた。「はい、篠崎《しのざき》電子です」女の人の声だった。

「すみません、本谷《もとや》由美の弟です。姉が体調を崩したので休みを貰いたいんですが」

「あ、はい。ええと由美さん、あれ？　今日は有給入ってることになってますが」

んあ？　ああ、それで朝準備してなかったのか。

「ああいえ、一週間ほどお願いします」

「悪いんですか？」

「まあちょっと」

なんも知らない電話受付の人が「由美さんにお大事にと伝えてください」心底心配そうな声で

言ってくれた。礼を言って、通話を切る。

　スマホをポケットにつっこんで券売機に向かう。普段の定期が利かねーから切符を買って同じような亡者の群れを横目に電車に乗り込む。朝のラッシュ。人の体に押し潰されそうな密度の電車の中は、いつもはうぜぇと思いながら乗るのだが姉にあてられて、てか平岡課長の罵声のせいで若干鬱々《うつうつ》していた気分で揺られていると「他人の感触」に紛らわされて多少気持ちが明るくなった気がする。

　実家からだと乗り換えがあるのだがここからだと一本で大学まで行ける。電車から吐き出される人間の流れに沿って俺も降りる。階段を降りて改札に切符を通す。マクドナルドやコンビニを横目に大学まで歩く。講義を受ける。睡眠環境が変わったせいか若干眠い。大学の一コマ一時間半の講義は一年のとき勉強と考えて聞いてたらわりときつかったんだけど「なんかおもしろいおっさんたちのおもしろい話を聞きに来てる」と思って聞きだしたら結構楽しくてなってきていまではそれほど苦痛じゃなくなった。

　昼休みに図書館に寄ってノートパソコンを借りる。「他の端末と接触させる際にはウイルスに気をつけて」との注意書きが張りつけられたパソコンに姉の iPhone を繋いで、平岡課長から送られてきたＬＩＮＥの内容を印刷する。パソコンを受付に返す。そういや新しくメッセージ来てねーな。電話に出たからＬＩＮＥも見られただろうと警戒してるのか。ふうん。

　それから教室とは別棟にある山路教授の研究室を訪ねた。こんこんこん。ノックすると「はぁい？」おっさんが若作りしたような声が返ってきた。ドアを開ける。書類と本まみれの埃っぽい部屋に入る。ドアを閉める。

「あれ。本谷くん？　今日提出物なんかあったっけ？　ないよね。だってぼく、宿題出さないし」

四十五歳で年相応の顔つきなのに、雰囲気だけは異常に若々しい山路教授が近所の丼《どんぶり》屋《や》からウーバーした海鮮丼から顔を上げてすっげーにこにこする。スーツ姿の眼鏡に髭面なおっさんが柔和な笑みを浮かべているのは、やや不気味に映る。インテリヤクザってこんな感じなんじゃないだろうか。大学教授なんてのはヤクザみたいなもんだ、と先輩が言ってたのを思い出す。特に山路教授は「タメ語でいいよ。ぼく堅苦しいの嫌い」こちらにも敬語を使わせないのが余計にやくざっぽい。

「そうすね」

「個人的な用事？　いいよ。相談乗るよ」

サーモンと米を頬張りながら椅子を勧めてくる。

ありがたく座らせてもらう。俺はさっき印刷してきた平岡課長からのパワハラ&セクハラの山を取り出す。

「俺の姉の話なんすけど」

教授は渡した印刷物を何枚か捲って「うわぁー」言いながら海鮮丼を食う。ついでに姉のスマホの着信履歴も見せる。他の人や営業先からの電話もあるが履歴の十件の内六件が平岡課長からのものだ。

「昨日、俺が取ったんすよ。そしたら第一声からまず怒鳴り声で。あーこりゃやべーなーと思って」

容姿やら何やら明らかに業務に関係ない罵声を浴びせてたことも話す。

「本谷くんはこれ、最終的にどうしたいわけ？」

「そりゃもうこいつをぎったんぎったんにこきおろして損害賠償《そんがいばいしょう》でうはうはになりたいっすね。いや、取ったとしても俺の金じゃねーですけど。ぶっちゃけこれ訴訟やったら勝てますか？」

「うん、勝てるね」

山路教授はあっさり言い「こんな露骨なのは最近じゃ珍しいよ。いまはどこの企業さんもパワハラだ！　って言われないように気を使ってるから。それも記録に残る形で」お茶を一口飲む。

「いま時間は大丈夫？」

「いけます」

本谷くん真面目だから講義でやったぶんは知ってると思うけど。

前置きして「改正労働施策総合推進法」、通称〝パワハラ防止法〟の話をしてくれる。ざっくり言ってパワハラには六つあって「身体的攻撃」、「精神的攻撃」、「人間関係からの切り離し」、「過大要求」、「過小要求」、「個への侵害」で、姉の場合は「精神的攻撃」と「個への侵害」に該当する。

職場での姉の様子を俺は知らないのでもしかしたら他のもごろごろ出てくるかもしれない。「おそらく出てくるだろうね」山路教授が言う。

「でもねー、パワハラ訴訟は結構労力に見合わないかもしんないよ。百万円前後取れたら御の字ってとこがあるんだよねぇ。こういう面については日本はまだまだ後進国なわけ。企業側は一般人よりはるかに体力あるし面子に関わるから必死に潰そうとしてくるしね」

革命で市民が勝ち取ったわけじゃなくて外国のシステム真似しただけだからねー。

そのへんの意識は違うよねー、やっぱ。

ニコニコしながら話す山路教授の説明を聞いてて、日常的に暴言を吐いて人を自殺寸前に追い込んでも被害者がほんとに死ななかったら「百万円払えば許される」んだなと俺は思う。平岡課長の給料いくらなんだろ。たぶん三か月分もあれば足りるよな。クビになったりはするんだろうか。ケースバイケースか。じゃあこの場合は？　人間一人ぶっ壊して百万で職も失わずに済むのかな。

ふーん、へえ。

山路教授は海鮮丼を食い終わって一息つく。

「お姉さんってどこ勤めてるの？」

「篠崎電子です」

「大手じゃん。えぇー……あそこってそうなんだ」

「平岡って人がやばいだけかもしんないですけど」

「いやぁ。そんなの言い訳にならないよ。大きいとこはちゃんと自浄作用働かせなくっちゃ。でもそっか。最近電子機器は韓国とか中国が強いもんねえ。大手だからって胡坐かけない状況だもんなぁ」

「これからどうしたらいいと思います？」

「とりあえず一番急ぎでやるのは、心療内科だね。診断書取りにいこっか。紹介するよ」

山路教授は名刺を抜いてその裏に心療内科の電話番号を書いてくれる。

「弁護士もぼくの知ってる子に頼もっか。診断書を取ったらまた来てよ。お姉さんとも話しておきたいな」

俺に伝手《つて》なんかあるわけもないからありがたく受け取っておく。

「すみません、お世話になります」

頭を下げる。

「いやいや。若い子の役に立つのがおっさんの役目だから」

あっけらかんと言う山路教授が頼もしい。

研究室を出て、午後の講義に向かってそれが終わり、帰ろうと教室を出た。ら、「もとやん。おーっす」相羽《あいば》に捕まった。

ピンク色の髪に顔にかかる部分の右側にだけ銀色のメッシュ入れたわけわかんねー頭しててギターケース背負った相羽（三年。軽音楽部。山路ゼミ所属）が指ぬきの黒い手袋からつき出たギラギラしたネイル振りかざしてマスクずらして口角を上げる。本人は笑ってるつもりらしいんだけど目元に濃いラインを引いたメイクと見るからに気の強そうな顔立ちがライオンとかそっち系の動物が獲物を前に舌なめずりしてるように見せている。あったかそうな革ジャン着てて下は丈の長いスカートを穿いてる。

「なんか暗い顔してんね」

低い声で訊いてくる。

「そうか？」

俺は自分の顔に触れる。顔に出してはないつもりだったのだがやっぱり自分で思ってるよりも姉のああいう現場を目撃したのはショックだったのかもしれない。てかショックだったんだろう。

「なんかあったの」

「いや、べつに」

「ほおー」

相羽は急に俺の頭を腕に挟んでヘッドロックかけてきた。

「生意気だなおまえ」

いてえよ、バカ。（浪人してるせいで）年上の同級生という妙な立ち位置を振りかざしてコミュニケーション取ろうとするな。腕を離した相羽が「おっぱい堪能した気分は？」とか訊いてくる。が、こいつに胸らしきものはない。ゼロだ。「骨が刺さっていてえ」答えたらパンチされた。ちなみに傍からみれば友達っぽい距離感に見えるかもしれないがこいつは誰にでもこんな感じだ。

「んで、どうしたんよ？」

話すまで帰さないぞ。という雰囲気を感じ取ってどうするか迷う。顔の広い相羽は結構いろんな人にいろんなことを相談されてるらしいが、ちゃらい雰囲気とは逆に口は堅い方らしくてこいつから誰かに噂が広まったって話は聞かない。んで俺も突然背負うことになった重荷をもうちょっと誰か気楽な人間に話したかった。

「食堂行くべ」

「よしきた」

俺たちは場所を移して、相羽がラーメンを頼む。俺は水。

混む時間は過ぎてるから人はまばらだ。俺と相羽は隅っこの席に座る。

「まず最初にさぁ、心配しねーでほしいのよ。ただ誰かに喋りたいだけだから」

「ほいほい」

白いテーブルに肘をつけてずるずる麺啜りながら相羽が言う。

俺は事の顛末を適当に話す。姉の部屋にSwitch取りに行ったら部屋に目張りしてあって七輪と練炭が置いてあったこと。姉のスマホに平岡課長なる人物からパワハラ＆セクハラの電話がかかってきたこと。それからＬＩＮＥの履歴のこと。

「ふーん」

相羽は、思ったほどおもしろい話じゃないな、くらいのリアクション。塩ラーメンのスープを啜る。こいつどんな話を期待してたんだ。

「失恋でもしたのかと思ってた」

「……」

　ふぁっく。

「あたしにしてほしいことある？」

「笑い飛ばしてほしいかな」

「わかった。がははははは‼」

　ほんとに笑いやがったよ、こいつ。

　まったく、なんていいやつだ。

「っと。そうじゃなくてだね。声かけたのは、これなんよね」

　相羽は手荷物からどぎつい色が印刷された紙きれを取り出す。

「ほい、千五百円。よろしく」

　ライブのチケットだ。大学からちょっと行ったところにある小さいライブハウスでやってるイベントのもの。買えということらしい。おまえらの歌なんか部室棟の防音室に行ったらいつでも聞けるじゃねーか。

「俺いま金なくてさぁ」

「おっぱい堪能したよね？」

だから「ない」だろうが、おまえ。

セクハラの押し売りってなんだよ。

抵抗虚しく押し問答の末に俺は千五百円のチケットを買わされてしまう。

「まいどー」

ラーメンのスープまで飲み干した相羽が上機嫌に立ち上がり「んじゃ、またねー」部室棟の方へ歩いていく。あいつまじでチケット売りにきただけだったんだろうな……。

講義受けて疲れたのに来る前よりちょっと気分が明るい。


姉の家に帰るというのはちょっと変な感覚だった。駅でミスタードーナツのドーナツを何個か買う。ポンデリングとゴールデンチョコレートが姉の好みなのだが俺が好きなココナッツチョコレートをいつも横取りしてくる。あとは定番のオールドファッションとかそのフレンチクルーラーとかカスタードクリームとか。六つもあれば充分かな。なんで姉の機嫌を取ってるんだろうと若干ばかばかしくなりながら千円札で払ってお釣りを貰う。相羽に千五百円ぶん取られたせいで財布がさみしい。

「ただいま」

玄関開けて言ってみたら蚊の鳴くような声で「ぉ……ぇ……」が聞こえた。

たぶん「おかえり」。

姉はリビングにいてテーブルでポケモンやってた。机にドーナツの箱を置いても（ことん）反応しない。子供の好きそうな食べ物はだいたい好きな姉なのだが。食い気が消え失《う》せている。手元を覗き込むと姉は氷のジムを彷徨っている。滑る床をどの手順で滑ればいいかわからずに四苦八苦した挙句に総当たりみたいな試し方をしてようやっとジムリーダーの元に辿り着く。ヘルガーの炎技が容赦なく氷タイプのポケモンたちを焼き尽くしていく。記憶の中のダイパではこのへんでストーリーが中盤の終わりかけってくらいだったと思うんだがヘルガーって手に入るのクリア後じゃないんだな。

「なぁ、心療内科の予約しようと思うんだけど都合いい日ある？」

姉がぼんやりした視線で俺を見上げた。

二拍ぐらい遅れて「どこかわるいの」訊いてくる。

いや、俺じゃなくておまえがな？

俺の付き添いでいく、と勘違いしたままらしい姉がスケジュール帳らしき手帳を持ってきて開く。

姉は「ええと、次の休みは」とか言いだす。「会社にはとりあえず一週間休むって連絡してあるよ」

「え。なんでそんなことするの」……おまえさぁ、自分が何しようとしてたのか忘れたのか。

「怒られちゃうよ」

前も言ってたな。〝怒られちゃう〟、それがなんかいまの姉にとって大事なワードらしい。電話口で真っ先に怒鳴った平岡課長の声を思い出して「ああね」と思う。〝怒らない〟ようにしようと決めておく。

「姉さ、しばらく会社休んだら？」

「どうして？」

どうして、っておまえ……、あーえー。

「痩《や》せたしさ、仕事ばっかで他のことできてないんじゃね？　親にも長いこと顔見せてないだろ」

たしか正月にも帰ってこなかった。親は「便りがないのは元気のしるし。あの子にもいろいろあるんでしょ」でそんなに気にかけてはなかった、というか「そのうち新庄さんと結婚の報告に来る」と無邪気に信じていた。

姉はしきりに首を捻っている。どうやら俺の言っていることがいまひとつよくわからないらしい。

姉の思考の最優先は「でもお仕事休んだらいけない」でそれ以外のことがいまひとつインプットされていないし、イメージできないようだった。なぜなら「怒られる」から。……頭が痛くなってきた。そういえば俺は一人で平岡課長をぼこぼこにしてやりたいと思ってただけで姉に退職の意思があるのかどうかを確認していなかったことに気づく。この様子だと「もうちょっとがんばってみる」とか言いだしそうだ。おまえずっと「もうちょっとがんばり続けた」結果が窓に目張りして七輪と練炭置いて一酸化炭素中毒になろうとしてたんだろ。というのが喉の奥から出かかってそれを言ってしまえば取り返しがつかないほど姉を損ないそうな気がして、どうにか言葉を選ぶ。

「ちょっと休憩入れようぜ」

何か言おうとした姉の口にドーナツを突っ込む。

姉がゴールデンチョコレートの黄色い粒チョコを手で受けながらもそもそ食べる。

「明日でいいか？」

得心がいった風ではなかったけど姉は俺に押し切られる形で頷く。

実際心療内科に電話をかけてみたら「明日はもう空きがありません」言われる。空きがあるのは最短で「水曜の十四時になります」とのこと。姉に確認を取ってその日で予約入れる。二日後、午後二時ね。電話を切る。ふつうに講義入ってるが、しゃーねー。サボるか。レジュメとかあったら相羽にコピー貰おう。ただ俺は〝俺の部分を削らない〟ことを決めておく。姉の面倒見るのが主体にはなってはいけない。

それにしても心療内科って予約いっぱいになるほど人来るんだな。姉ほどじゃねーのかもしれないが現代社会には精神を病んでる人がいっぱいいるらしい。あー。働きたくねー。

で、その夜。俺が適当に作った飯（肉焼いてキャベツと炒めて味噌ダレで味つけしたのと卵スープ）を食って、昨日と同じようにリビングに布団敷いて寝てたら、近くでなんかもぞっと動く気配で目が覚める。電気が消されていて部屋は暗い。顔だけ動かしたら、俺のバッグを漁った姉の顔がスマホのライトで白く照らされて浮かんでいる。声をかけようか一瞬迷う。姉の顔に虚無が張りついている。その暗さと深さの前に、竦《すく》んだ。ビビった。

「ねーちゃん」

姉がこちらを見る。

真っ暗な目をして。

俺は体を起こして、姉の手からスマホを取り上げる。姉は平岡課長からのＬＩＮＥに返事をしていた。「わかりました」とか「すみません」とか簡潔なものだったが。

「そんな顔できたんだな」

高校のときにバド部の顧問から「やる気あんのかおまえ」てキレられて「あるに決まってんだろてめえの目ぇ節穴かっ！」逆にキレ返してた姉の活力に満ちた顔がない。姉の残像とリアルの姉のギャップがひどい。

「仕事やめたいって思わんの？」

「思うけど、私がダメなのが悪いから」

だったらおまえの六千倍ダメな俺はなんなわけ？　……んなこと愚痴ってもなんにもならんと思って堪える。

「俺はその平岡さんって人の言うことは度が過ぎてると思うよ」

「そうかもしれないけど、お仕事だからこれくらいは我慢しないと」

「そういうレベルじゃなくね？　その人の言ってること」

「外からだとわからないこともあるんだよ」

「……」

「あっくんにはまだわからないんだよ」

姉はどうしても自分の上司がクソブラック野郎だということを認めようとしない。認めようとしないことでなんらかの自分を保っている。断定はできないが〝ここでやめたらここまで我慢してきたことが全部無駄になっちゃう〟とかそんな感じだろうか？　姉の目は深くて暗くて黒い。そんな目をしながら上司を肯定できる姉のことがさっぱりわからない。誰かを嫌いになるってそんなに難しいことなんだろうか。

実際、姉の人生だ。姉の好きにすればいい。俺には関係がない。俺には姉がまがりなりにも社内で築き上げてきたキャリアや信頼を台無しにする権利なんかない。電話を取った人が優しい声で「お大事にとお伝えください」と声をかけてきたのを思い出す。かといってパワハラの告発のような揉め事を起こしたときに姉の社内での立場を悪くしない方法もわからない。俺は所詮《しょせん》大学生でただのクソガキだった。

でもここが分水嶺《ぶんすいれい》のような気がしている。

ここで姉を手放したらたぶんもっぺん姉は練炭を焚くことになる。

なのに俺には言うべき言葉が見つけられない。姉に何をすればいいのかわからない。開きかけていた姉の心が閉じていくのがわかる。もうすこし考えさせてくれよ。

「あっくんにはわからないよ」

姉がもう一度言う。

そりゃわかんねーよ。仕事と責任がどれだけ大事かとか。俺にはバイトくらいしか経験がないし、社会人にのしかかってるプレッシャーなんかほんとのところわかんないし姉の気持ちは想像するくらいしかできない。でもおまえ、助けに来てくれた、って言ってたよな？　助けに来てほしかったんだよな？　つーかおまえも窓の隙間を塞《ふさ》ぐようにびっちり貼られたガムテープとでっかい七輪と練炭が部屋のど真ん中に鎮座してるのを見た俺の気持ちなんかわかんねーだろ。脳がバグってとりあえず笑うしかなかった俺のことなんかわかんねーだろ。くそ。

俺は悔しかったのだ。俺にとって姉は自分の先を行ってる存在でクソうざくて目障りだったしコンプレックスだったが、同時にピカピカに光ってる道しるべでもあったのだ。憧れだったのだ。それが他人にボロカスに言われて汚されて泥にまみれて沼の中に引きずり込まれようとされているのが我慢ならなかった。それなのにいま姉が手を掴もうとしているのが俺ではなくその平岡とかいうクソ野郎だということも悔しくて仕方なかった。なんでこんなに近くにいるのに俺たちにとってお互いはこんなに遠いんだろう。

俺の中の意固地な部分が勝手にしろよと言いかけたけれどそれは絶対に違うことがわかるから口パクに留める。ぶっちゃけ俺も動揺してるしかなり泣き喚《わめ》きたい気分なのだけど、俺が泣き喚き始めたらもう収拾がつかなくて姉が掴まれるものが何もないから平気なふりをするしかない。

「あー、もう」

他に方法がわかんなくて。

言葉だと何も見つけられなくて。

俺は姉の薄い体を抱き寄せる。おまえのことが大嫌いで憎んでて目障りで鬱陶《うっとう》しくて大好きで愛してて目標の一つにしてることを伝える方法が他にわからなくて俺は姉の背中をぎゅっと抱きしめる。姉の手も俺の背中に回る。

「大丈夫だから。なんとかするから。なんとかなるから。まかせろ」

人間ってのは抱きしめられるとストレスが六割くらい減るらしくて単純接触効果は結構強い。しばらく抱き合ってたらこわばっていて冷たかった姉の体から緊張が抜けていって、血が巡って徐々に温かくなりやわらかくゆるんでいく。スマホのライトはいつのまにか消えている。

第二章　うまく踊る

次の日はふつうに大学に行って、水曜に姉を心療内科に連れていった。

対応してくれた松本《まつもと》先生は初老くらいで四角い顔しててちょっと太ってて髪は白髪が大部分で、顔も皺《しわ》の多いおっちゃんとおじいちゃんの間くらいって感じの人だった。何も話さなくても「全部わかってますよ。大変でしたね。大丈夫ですよ。よくなりますよ」と言ってくれそうな空気感がある。包容力ってこういうのを言うんだろうか。その雰囲気はなんとなく人を騙すのに長じていそうで詐欺師と心療内科医は紙一重のような気がしてくる。

俺と姉と松本さんの三人ですこし話してそのあと姉と松本さんの二人で話して最後に俺と松本さんの二人で話した。

「鬱ですね」

松本さんはあっさりと言った。さわりの部分だけ姉が話したことを教えてくれる。姉はかなり前からなかなか眠れなかったらしい。そういえば夜中に横になってダイパやってるのは見たけれど姉が眠っている姿は初日に泣き疲れてたのしか見ていないことに気づく。「なるべく生活習慣を整えて、できれば一緒に食事を取るようにしてください」言われる。

診断書を貰って睡眠薬と向精神薬の処方を書いてもらって薬局に行って金払ってそれらを受け取る。

「腹減ってる?」

訊いてみたら姉は首を横に振ったが、俺が腹減ってたからファミレスに入った。

煮魚定食を頼んだら姉が溜め息つくみたいにして笑った。

「おじいちゃんみたいなもの好きだよね」

「……」

「昔あんたが小学生くらいのときにさ、食中毒かなんかで入院して退院したとき、お祝いに何食べたい? って訊かれて〝煮魚〟って答えたの、なんか覚えてるんだ」

姉は日替わりランチを頼んだ。たぶんそれが一番安かったから。

煮魚定食はわりと美味かったのだが姉の方はあんまり美味くなさそうにもそもそ食っていた。食べながらポケモンの話をした。「ヘルガーってどこで捕まえたん?」「地下」「デルビルで出んの?レベルいくつくらい?」「20ちょい。ヘルガーで直で出たよ」まじか。姉は昨日の夜にギンガ団のボスを倒してディアルガを捕まえたらしい。もうほぼほぼクリア直前。俺が買ったはずのブリリアントダイヤモンドは俺がまったく触れていないにも拘らずほぼクリアされてしまう。けっ。まあ他のことには一切興味なさそうで話してるときに真っ暗な目になる姉が昔のこととポケモンのことだけは結構楽しそうに話すので、なんかもういいや。という気分になる。ブリリアントダイヤモンドの役目はそれだったんだろう。自分でプレイする気はすでに失せてしまった。

心療内科の方もファミレスの分も金は姉が出した。PayPay のスマホ決済で払ってた。……スマホ返して大丈夫かなと思わなくもなかったが俺が電話を取って以降平岡からの連絡は止まってるようなのでいける、んだろうか？　飯食ってるときもちらちら気にしてる感じはあった。

「姉って金あんの？」

「わりと。なくはないかな」

姉がスマホから口座を確認して三百万以上あると言ってくる。五年でそんな貯まるもんなのかと思ったが使う機会があんまりなかったらしい。俺のポケットマネーには限界があるから資金面では姉に頼ろう。

そのままスーパー行って二人で適当に買い物して帰る。

「姉、なんか作ってほしいもんとかある？」

「ん？　いや、特にない」

「そっか」

じゃあ鶏肉の塊が安かったからそれにして適当に野菜とかみそ汁と組み合わせてなんとかするか。

「あつし、あのさ」

姉がなんかあらたまった顔をした。

「ん？」

「ごめんね?」

「何が」

「面倒かけて」

「べつになんもかかってねーよ」

とはさすがに言い切れないが、そう言っておく。

「それからそういうときはごめんじゃなくて、ありがとうって言えばいいんだよ」

「そっか。そうだね」

姉は表情を作り直して、めちゃくちゃぎこちない笑顔で言った。

「あつし、ありがとう」

「どってことないさ」


そんでその次の日に姉を大学に連れてって山路教授と引き合わせた。教授の部屋をノックしてドア開けたら「ああ、本谷くん。そちらが例のお姉さん?」「そうっす」「山路です。どうもよろしく」まーたおっさんらしからぬ柔和な笑みを浮かべて軽く会釈する。「本谷由美です。よろしくお願いします」姉もぺこりと頭を下げる。営業職だけあって背筋伸びたままのきれいなおじぎだった。

「そこ座ってー」

教授が椅子を勧めてきて、自分は奥の個人スペースから立ち上がって応接スペース側に来る。テーブルを挟んだ奥側に座る。姉をちょいちょいと促して俺と姉が教授の向かい側に座る。ちらりと横顔を窺うが姉は無表情だ。緊張してるのともちょっと違う感じで「困惑してる」というのが一番しっくりくる感じがする。

山路教授は二、三言世間話を振ってくる。緊張を解かせようとしてるみたいだけれど妙に若者ぶった話し方とかが却《かえ》って警戒を呼んで姉は俺の袖を掴む。その手からは「ねえ、あつし。この人なんかうさんくさくない？」と訊いてくる感じが伝わってくる。あの、うさんくさいけど見かけよりはいい人だから……。

「さて。裁判をするという方向で進めて示談に持ち込んで和解金を払ってもらうことを目指す、ってことでいいのかな」

教授が姉を見て言う。

「すみません。まだ決めきれていないいんです」

「ああ、そう。じゃあ状況を見ながらあなたのケースならだいたいどんな感じになるかのお話だけしよっか」

「お願いします」

始まってしまうと却って俺の方が部外者チックになる。

「職場でのその平岡さんってどんな感じなのかな」

教授に訊かれて姉がぽつりぽつりと話しだす。

教授がボールペンとメモ用紙を取る。

「怒られることがすごく多いです」

「うんうん。例えば最近はどんなことで怒られた？」

「同じ部署の山田《やまだ》さんが書類の数字を間違えてしまって、私の確認不足だと怒られました。得意先に謝りに行きました」

「そういうのはこれまで何度もあったの？」

「そうですね。川島《かわしま》さんが発注を忘れていたのも、幸村《ゆきむら》さんが他県の在庫の取り寄せを連絡していなかったのも。課内のミスはだいたい私のミスです」

……なんつーかな。

俺が勤めてるわけじゃねーから詳しいとこはわかんないのだがチェックって上司の仕事な気がするし、姉が〝私のミスになる〟とか〝私のせいになる〟じゃなくて「私のミスです」って言ってるのが微妙に気になった。ミスった同僚のせいじゃなくてほんとに自分のミスだと思い込んでいる響きがある。

教授がメモに走り書きする。

「あ、ごめん。続けて」

「それから、あとはテーブルの周りが汚いとか、トイレの頻度が多いとか。あとは化粧や表情が陰気だと」

「平岡さんはいつもどんな言葉で怒るのかな？」

「〝早く死ね〟が定番です」

姉の口が聞くに堪えない罵詈雑言《ばりぞうごん》をそのあとに続ける。

「うーん。誰かに相談した？」

「人事部長の矢野《やの》さんという方に。でも〝そのくらいのことはよくあることだし、あなたにも直さないといけない点があるんじゃないかな。ぼくは平岡のことをよく知ってるけど、無意味に怒ったりする人間じゃないよ〟と。私が相談したことが平岡さんに知られていて、そのあとでまたすごく怒られました」

「ううーん。他に怒られたことは？」

「ええと、あとは仕事場のボールペンや紙がすごく減ってることがあって盗んだんじゃないかって。平岡さんが財布をなくしたときも、私が盗んだんだろうって怒鳴られました。結局あとからその財布は出てきたんですけど」

このときは突き飛ばされて机の角で腰を打ったらしい。「ＬＩＮＥの返信が遅かったり、電話に出られなかったり。それから……」姉は思いつくままに延々と喋り続けた。教授はひたすら頷いている。姉の声はどんどん暗くなっていく。

そろそろ止めようかと思ったあたりで、最後に「でも私がぼんやりしてるから悪いんですよね」

と締めくくった。

「いやぁ」

山路教授が苦笑いする。

「お姉さんは昔からこんな感じだったの？」

「いや、昔は他人のせいにするのが得意技でした」

全然まったくこんな自罰的な感じのやつじゃなかった。リビングとか散らかして親に注意されても「あつしがやったんだよ。あいつに片づけさせればいいじゃん」って平気で言ってるような女だった。だからいまのしおらしい姉を見てると「気色悪いな」と「やっと反省したか」という感想が半々くらい。姉が「えっ？」みたいな目で俺を見るけどおまえまじで昔の自分の振る舞い思い出せよ？　けっ。

「平岡さんとはＬＩＮＥで頻繁にやりとりしてるんだよね？」

「はい。でも、」

姉は平岡とのＬＩＮＥのページを開いてスマホをテーブルに置く。

「今朝こんな風になってて」

姉が小首を傾げる。教授の方へ向けて差し出されたスマホを覗き込むと画面上には「メッセージの送信を取り消しました」がズラリと並んでいる。おっ。証拠隠滅《いんめつ》にかかってら。「これ、こうなってると困るんでしょうか」「ああ、大丈夫。弟くん優秀だから」教授が脇に置いたファイルの中の紙を何枚か取り出す。こないだ印刷したやつだ。追加が必要でも平岡の名前がわかるようにして俺の方に転送してあるし。問題ないだろう。

「え、あんた、私のスマホ勝手に見たの？」

「パスワードを誕生日にしてるのが悪いんだよ」

額に向けて手の甲が飛んできた。ゴン。……いてぇ。

なんでおまえ、俺相手にはそれができて平岡相手にはできないんだよ。

「平岡さんに〝怒られる〟ようになったのはいつごろからかな？」

「私が平岡さんに教わるようになってからなので、三年くらい前からだったと思います」

「ふんふん。なるほどぉ」

山路教授は腕を組んで眉間に皺を寄せる。

「訴えたらどうなるんすか」

俺が訊いた。

「簡単に言っちゃうけど由美さんの場合は役満だね」

教授はパワハラ裁判で重要になる点について話してくれた。

ざっくり言えば高額になるときのパワハラ訴訟は「継続性があるかどうか」、「鬱等で仕事が継続できるか」、「複数人でパワハラを行ったかどうか」あたりが問題になってくるそうだ。

「由美さんの場合は、1、継続性、三年。長いね。2、仕事が継続できるか、鬱だと診断されたし少なくともあなたはしばらく休んだ方がよさそうに見えるよ。3、複数人か、相談したべつの上司がまともに取り合ってくれなかった上にそれを当人に漏らしたんだね？　それから、4、突き飛ばされた件だけどこれは単独でも暴行になるね。診断書があれば詰められるんだけど」

「数日は痛みがあったんですが忙しかったので病院には行ってないです」

「そうだよねえ。あと言いたくなければ言わなくても構わないんだけど弟くんとチェックしたLINEの内容にはセクシャルハラスメントと取れる内容もあったように思うんだ」

「いえ。それは大丈夫です。ありません」

「例えば何かにつけて肩を触られたり、頭や背中、手に触れるようなことはない？」

「え」

姉は考え込んだ。

つまり、あるんだな。

「ううん……」

教授が頭を抱えた。

「いやぁ。あのさ、ごめんね。紹介しようと思ってた弁護士の子さぁ。パワハラ裁判は賠償額が小粒になりがちだし、証拠なしで言った言わないで争うことになったりで面倒だから、って断られちゃったんだよね」

「ああ、気にしないでください。世話になりっぱなしも申し訳ないんで。それなら自分らで探します」

俺が言う。現状でも心療内科を紹介してもらったり、こうやって相談乗ってもらったりで充分助けてもらってる。

「でも紹介するって言っちゃったからなぁ」

山路教授は腕を組み直してうんうん唸る。

「あのさぁ。ぼくがやっていい？」

「どういうことですか」

「ぼく一応バッジ持ってるんだよね。弁護士の」

「大学の先生なのに？」

姉がちょっと首を傾げる。「ぼく、弁護士から先生に転職したの」教授が答える。どっかのデカい企業のお抱えの弁護士を長いことやってから転職して大学で教えるようになったという山路教授の経歴を思い出す。何件かデカい訴訟で勝ってて「現役でやってた頃はぼく結構やり手だったんだよー」って話を講義中にしてってネットで調べたらどうやらそれは事実らしかった。民事訴訟つよつよの山路教授。

どうする？　って意味で隣の姉を見る。

姉はしばらく黙ってた。口を開きかけて、閉じる。

「ちょっとお姉さんと二人で話していいかな？」

俺の前では言いづらそうなのを見て取って教授が促す。俺は頷いて、部屋を出る。

姉、断るかなー、と外に出て歩きながら思った。平岡課長と開戦しようとしてる俺の前では言いづらいってことはたぶんそうなんだろう。断るんじゃなくても少なくとも迷っている。そりゃそうだ。急に裁判起こして退職ー、なんて鬱で自己判断能力の鈍った人間にはきつい決断だ。ふつうに職失うだけでもきつそうなのに心の負担はやっぱデカいんだろう。鬱の人間が再就職って難しいのかな、やっぱ。

「終わったら呼んでくれ」と姉の携帯のＬＩＮＥに送る。体育館横の喫煙所まで歩く。風が吹いた。今朝出るときも思ったが、さむっ。きゅっきゅっきゅっきゅと中から響いてくるバッシュのスキールを横耳に聞きながら、先客が何人かいる備えつけのベンチに座ってポケットから煙草の箱を抜いた。咥《くわ》えて、一緒にポケットに入れてたはずのライターをまさぐってたら脇からヌッと手が出てきて隣のやつが火をくれた。一瞬ぎょっとした。顔をよく見て知ってるやつだと気づく。

「さんきゅ」

どぎついメイクを落として意外と童顔でまるっこくて人懐こい中性的な印象を与える素顔を晒した相羽が、ライターを自分のポケットに戻す。今日はダウンジャケットで体を覆っている。寒かったのか被ってたフード（縫いつけられてるやつ）を背中に落とす。隠れてた銀メッシュの入ったピンクの髪が現れる。相羽はまず「大丈夫？」と訊いてきた。

「ん。まあ」

こいつ鋭いな。

いや、俺が見てわかるくらい思い悩んだ顔してたんだろうか。

「例のお姉さんの件？」

「そんなとこ。普段真面目に生きてないから急に真面目な案件が来てちょっとビビってる」

「笑い飛ばそっか？」

「今日はいいや。ありがとよ」

「うい」

沈黙。

なんかこいつにだけ喋りかけさせてるのも悪いなと思ったのでこっちから話題を探そうとしたら、結局俺より先に相羽の方が「そういやチケット、押し売っちゃったけど日曜空いてた？」訊いてくる。「や、大丈夫。さすがに空いてなかったら買わんよ」「そっか、よかった」相羽が片足をぷらぷらさせる。俺は煙を吐く。「おまえ吸わんの？」「今日持ってないのに来てから気づいた」「一本やろうか？」相羽はすこし考えて「ライブ前だからやめとく」言う。そっか。じゃあなんで喫煙所に来たんだよとか思ったがなんとなく足が向いたんだろう。そんなときもある。

「おまえ軽音の連中には馴染んでんの？」

「じつは三センチくらい浮いてる」

「だろうな」

「だろうってなんだよ」

相羽が俺を軽くこづいた。骨ばった手の甲。今日は手袋をしてないことに気づいて、あわてて手を引っ込める。「あーくそ。話しかけるんじゃなかった」嫌そうに顔を顰《しか》めた。「メイクしてたら無敵なのに」ぼやく。「そういうもんなん？」「そういうもんなんだよ」へえ。ふうん。べつに気にしないけどな。「えーこほん」相羽が咳をして、声を作り直した。

「本谷ってさぁ、最初なんであたしに喋りかけようと思ったの」

「は？」

「あたしさぁ。同級生の中でも浮いてたじゃん」

そうだっけか。……ああ、思い出した。大学のオリエンテーションで小旅行みたいなのに行かされたときにピンク頭の銀メッシュのメイクばりばりのやつが同室で全員ドン引いてて最初に「じゃんけんで負けたやつが話しかける」ってなって俺が負けたのだ。それを直接言うとさすがの相羽でも傷つきそうだなと思ったので「なんでだっけ。忘れた。おもしろそうだったからじゃね」誤魔化す。

結局その同室のやつらは大学来なくなったり単位落として留年したりで俺と相羽が残ってるんだ

からなんか不思議なもんだなと思う。

「そういうもんなの？」

「そういうもんなんだよ」

フフフって感じで相羽が口元に手をあてて上品に笑った。それから今度のバンドでやる曲の話をすこしだけした。その流れで「ビートルズと中島《なかじま》みゆきだけが本物の音楽に触ったことがあるんじゃないかなって最近思ったんだよね」相羽が言う。その感覚は宇多田《うただ》ヒカルとか the pillows とかブルーハーツが好きな俺にはわかんないけど。しばらくの適当な雑談のあと姉から「終わった」のＬＩＮＥが来たので、俺はベンチから立ち上がる。

「日曜来てよ？」

「おう。行けたらな」

俺が言うと相羽はちょっとさみしそうな顔になった。

まあ、せっかくチケット買ったんだしべつに損するわけじゃねーから行ってやるか。


姉は山路教授の申し出を断った。というか保留にしてもらった。

俺としてはやきもきするしおまえほんとうに大丈夫かと思うのだが姉がそうすると決めたのだから口を挟む余地はないんだろう。帰り道で「教授と何話したん？」訊いてみるが姉は「教授さんが弟くんには言わない方がいいんじゃない？　って」なんだそれ。気になる。

でも結局電車の中で姉が「私が会社やめたくないって言ったの」内容をさっくりばらしてしまう。

「ふうん」

「パワハラは訴えるけど退職はしないとなるとなかなかのウルトラCだねえって」

「だろうなぁ」

「ウルトラCって何？」

あー、えー。体操競技のかつての最高難易度である難易度Cの技よりも難しい技のこと。「難易度Cの技よりもさらに難しい物事を決める」ことだと思うんだけどどうまく説明できんな。なお現在は最高難易度が更新されていて難易度Iまであるそうだ。トレーニングや食生活の質の向上で人間の身体能力が底上げされてC技よりちょっと難しいくらいでは特別な技ではなくなったらしい。もしかしたら教授ならあっさり決めるんじゃないだろうか。

帰って姉は職場に電話して来週からは会社に出ることを伝える。

かなりもやもやしたがやっぱり姉が決めたことだから口出す権利はないんだろうなと思って堪える。

そんなこんなで、日曜になる。

このへんで一番デカい駅からちょっと歩いたところにあるライブハウスに一人で行く。こじんまりしてて半地下で「ここライブハウスだよ」って言われないとまず気づかないようなところだ。入ろうとしたら、入口の外側でどぎついメイクをした相羽が座り込んでいた。ひらひらしたスカートに薄手の上着を羽織ってクソ寒いのに太ももを出している。膝から下はさすがにロングソックスで覆ってたが。ライブ前は吸わねーくせに煙草の箱を弄んでいた。

こっちに気づいた様子がなかったのでべつにいいかと思って相羽をスルーして中に入る。入口でチケットをもぎられて、ドリンクと交換できる券を渡される。

薄暗いライブハウスの中にはそこそこの人が入っていた。たぶん収容限界の四分の三くらい（ざっと七十～八十人か？）。

いまだとYouTubeでプロの音楽やアマチュアでもクソうまいやつが動画上げているにも拘らず無名のアマチュアの歌をこんだけのやつが聞きに来てるってのはなんか結構おもしろいことのような気がする。

券をドリンクと交換してもらって（りんごジュース、アルコールもあったけどソフトドリンクにした）隅っこでちびちびやってたら、通りがかった背の高いやつがこっちを見て「お？」みたいな顔をする。近づいてくる。大学の中で見たことあるなと思う。たしか相羽と同じバンドのやつだ。

「誠士朗《せいじろう》、見なかったか？」

声かけてくる。

「表にいたけど」

内心で「相羽って呼んでやれよ」と思いながら答える。名前好きじゃないの知ってるだろうに。

そいつは短い舌打ちをしてそのまま元来た方へ戻っていく。居場所がわかったらべつにいいかって感じらしい。しょーがねーな。

俺はりんごジュースを飲み干してグラスを返し、ライブハウスの隅っこから一度表に出る。半券があれば出入りはできるが演奏が始まったらできるだけ退出は控えてくれって書いてあった。「よお」入口の傍で座り込んでる相羽に声をかけるとびくっとして上を向く。弱気な目。

「なんだ本谷か」

なんだってなんだよ。俺は相羽の横にうんこ座りする。

「どーした」

「緊張してビビってんの。見りゃわかるでしょ」

はぁ。相羽のついた溜め息が白くけむる。

「メイクしてたら無敵なんだろ?」

「それとこれとは話がべつ」

ふうん。

じゃあなんに対して無敵なんだよ?

普段は一個上なのを振りかざす相羽がしおらしくしてるのがおもしろくて俺はにやにやして相羽の顔を覗き込む。「やめてよ」相羽が俺をゆるく突き放す。

「まっ、なんとかなるだろ。失敗してもべつに死ぬわけじゃねーしさ」

「そーだけど」

「バンドのやつが呼んでたぞ」

「わかった。もういく」

言いながら相羽はまだ座り込んだままだ。

びゅう。と冷たい風が吹いた。俺は上着を掻き合わせる。

「さみいから中入っとくわ」

「ん」

立ち上がりかけた俺の上着の後ろを、相羽が掴んだ。

「本谷」

「あん？」

「あたし、おまえのこと好きだよ」

「ああ、俺もおまえ好きだぞ」

「そういうんじゃなくて。なんていうのかな、ふつうに」

「へ？」

理解が遅れた。

いや。だって。おまえ……。

あ、そっか。

俺からすりゃそうだけどこいつからすりゃそういうこともあるのか。

「そんだけ。べつに返事はしなくていいよ。ただ言いたかっただけだから。行けよ」

しっしっ。相羽が手を振って俺を追い払ったたし、本気で近くにいてほしくなさそうだったので俺はライブハウスの中に逃げ込む。さっき言われたことを考える。

相羽　誠士朗。

性別は男。女装してる、ってかたぶん性同一性障害ってやつ。誠士朗っていうみるからに男な自分の名前が嫌い。改名したら親から縁切るって言われててしていない。どぎついメイクしてピンクの髪に銀メッシュを入れてる。髪の色を派手にしてるのも、伸ばしてるのも頬の輪郭を隠すため。男が女装するのに重要なポイントはいくつかあってそれが「頬のラインを隠すこと」だったり「手の甲を見せないこと（男の手は女性に比べて骨ばってて血管が浮いてる）」だったり「首元を見せないこと（のどぼとけ）」だったりするというのを、以前に相羽本人から聞いた。だからあいつは手袋常用でマフラーとかネックウォーマーをいつもしてる。人懐こくていろんなやつに話しかけてるわりに一人でいることが多いのはやっぱりそういうキャラが周囲から浮いてたりするからなんだろう。

ただでさえ暗い照明がもう一段落ちた。ステージの上だけをパッとライトが照らす。

一個目のバンドが曲を始める。

やたらとがなり立てるタイプのバンドで俺は嫌いな音だった。

曲はあんまり頭に入ってこない。

（いやいやいや、そんなこと言われてもどうすりゃいいんだよ）

そりゃ相羽のことはべつに嫌いじゃねーけど、「そう」じゃなくね？

つーかあいつはライブ前にそんなことをぶっちゃけて平気なのか。

三曲やってそのバンドが引っ込む。次のバンドが出てくる。曲の最中は喋れなかった客が合間の時間にざわめく中で、客席の人波の中に意外な人を見つけた。思わず人の隙間に手を突っ込んで、その人の肩を叩いた。そいつが振り返って、俺を見た。

「後ろ行きません？」

小声で言うと、見るからに顔を顰めて、姉の元カレの新庄雄一《ゆういち》さんが小さく頷いた。新庄さんは隣の女に声かけてから、人の隙間を抜け出してくる。

「なんでいるんすか？」

「後輩のバンドがステージに上がることになって断れなかったんだよ」

あれ。新庄さんがステージの上で爆音鳴らしてる女性バンドを指さす。爆音のせいで新庄さんの声は聞き取りづらいがまあなんとかならなくもなさそうだ。むしろ俺の声の方があっちに聞き取りづらいかもしれない。

「で、新しい彼女と見に来たと」

「おもしろくないって言ったのに来たがったんだ」

〝新しい彼女〟の部分は否定しないんだな。

俺は新庄さんのイヤになるほど整ったツラをまじまじと見る。芸能人の誰似と訊かれたら横浜《よこはま》流星《りゅうせい》。頬から顎までのラインがすっと細くて無駄がない。横長の目がきりりとしてて眉の形がよくて、ちょっとニヒルに口角上げてりゃ黙ってても女が群がってきそう。今日は場に合わせてカラフな格好してるが、スーツ着てたら元々ラグビーやってた肉づきのよさと噛み合ってめちゃくちゃ似合ってた。就職決まってうちに挨拶きた完全武装のときの五年前の新庄さんを思い出して、そのときと全然変わってねーなと思う。姉と同じ偏差値くそたけー大学でラグビー部の主将やっててツラがよくて就職もかなりいいとこに決まったはず。姉と同じく、天はあげるやつには二物とか三物とか全然渡すよなー、って感じの人だ。（しね）

「なんで姉と別れたんすか」

「由美に聞けよ」

「セックスの最中に姉がベッド抜け出してスマホ見たから」

「……」

「なんで姉と別れたんすか？」

新庄さんは目を閉じて首を振った。

「由美の会社のことは？」

「多少は」

「じゃあ話が早いや。あのさ、俺だってべつに由美のことが嫌いになったわけじゃないんだ。結婚まで考えたんだ。式の費用だって貯めてた。子供のことも予定を立ててた。簡単には割り切れなかったよ。いまでも好きかって言われたら好意はあるよ。

でもね、あいつはいくら俺が〝その上司は変だ〟って言っても〝仕事休め〟、〝なんならやめても大丈夫だ〟って言っても聞きやしない。毎日毎日、口を開けば愚痴ばっかり。その愚痴だって平岡に対するものじゃない。うまくやれない自分を責める。きみのせいじゃないって言っても〝あなたは何もわかってない〟だぜ。そんな人間に対して何ができるよ。わかるかい？　あいつは洗脳されてるんだよ。自分でものが考えられないんだ」

「……」

「俺だって自分の仕事がある。愚痴を言いたいときもある。弱い人間なんだ。あるときね、ぷつんって気持ちの糸が切れてたんだ。容量を超えてしまったんだよ。支えきれなかった。悪いけど、俺だってその程度の人間なんだ」

新庄さんが一気に言った。

俺は「なるほど」としか言えなかった。

「あいつ、どうしてる？」

「練炭焚きかけてました」

新庄さんが目頭をおさえた。

「敦くん、俺の番号知ってたっけ？」

「いえ」

「聞くかい？」

俺はスマホを出した。新庄さんが口頭で番号を言う。

一回試しにかけてみる。ぶるる。新庄さんのジーンズの中で振動。最後列にいた大学生風の女が振り返って〝携帯切っとけよ〟みたいな目でこっちを睨んだ。切る。

「ほんとうに困ったことがあってなんらかの助けがいるなら、一度くらいなら助けてあげられるかもしれない。一度くらいなら、ね」

「わかりました」

「もういいかい？」

「はい。わざわざすみません」

新庄さんが壁際を離れて、彼女さん（？）の方へ戻っていく。

そのあたりで、丁度ステージの上に相羽たちが出てきた。


相羽が夜に沈んでいって溶けていってる。

あいつ歌うめーな。改めて思う。「男が出してる女声の高音」という個性をちゃんと使ってる感じがする。女が歌ってるのとはやっぱり違うけどそれはそれで相羽なりのよさがある。YouTubeでタダで音楽が聴ける時代に千五百円でわざわざ歌聞きに来るのはやっぱ俺にはちょっと高い気がするが、まあたまにならいいかと思う。

曲の合間に相羽の視線が客席を彷徨う。なんとなく俺を探してる気配を感じたので、手を上げて振ってやる。見つけたらしくて、にっこり笑ったのが遠目にわかった。もうちょっと前行ってやりゃよかった気がした。

んで相羽は今度はばりばりの男の声の歌を唄う。

同じやつが全然違う声で歌うギャップがちょっとおもしろい。元々体つきも細いし女装メイクの、女に見えるやつが男の歌を男の声で歌うのは多少の耳目を引く。少なくとも「なんか変なやつがいた」で覚えて帰ってはもらえそうな気がする。

でもそんな相羽の個性を掻き消すくらいに、相羽の次に出てきたその日のラストのバンドはばりばりにうまかった。

耳目を引くとか、個性とか、そんなのを全部消し飛ばしてしまえるくらいに、シンプルに音がよくて歌がうまい。歌ってるのはぼんやりした見た目のこれといった特徴のない男だったのに。街ですれ違っても絶対に印象に残らない顔なのに。最初の一音が鳴っただけで〝なんか違うのが来た〟とわかるくらいに、こいつの歌になら千五百円くらい安いんじゃないかと一瞬思ってしまうくらいにそいつらの曲はよかった。皮膚がびりびり震えた。こいつと比べてしまうと相羽なんか全然下手だった。相羽たちがそこそこ一生懸命練習してるのは知ってるからなんかちょっと悲しい。相羽たちが練習してこの差は埋まるんだろうか。

こういうやつらがプロになるんだろうなと思って、その日のライブは終わった。


月曜は相羽に会わなかった。山路教授の講義もなかった。姉はついに仕事に出かけた。

俺は大学に行って必修科目のつまんねータイプの講義を粛々《しゅくしゅく》と受けた。なんも頭に入ってこなかった。なんとか手だけ動かしてノートは取った。一人になってみると、ようやっと自分が自分で思ってるよりも疲れてることに気づいた。相羽には冗談めかして言ったが「普段まじめに生きてないから」急に真面目な案件が降ってきて心が強張《こわば》ってるのだ。はぁ。露骨な溜め息をついてしまう。

講義が終わって体育館横の喫煙所で煙草を取り出す。相変わらずのバッシュがきゅっきゅきゅきゅっきゅ言ってるのを横耳にコンビニで買った百円ライターで火をつける。スポーツ野郎共がリバウンド取りに高く飛んでるときに俺はいったい何をやってんだろうな。

しばらく様子見て大丈夫そうなら姉の件から手を引く。姉が乗り気でない以上、それで終わり。俺は戦った方がいいと思うんだけど。まあやっぱりモヤモヤはする。

手を引くんだからこの件のことばっかり考えててもしょーがないと思って、べつのこと考えようと思ったが「べつのこと」も結構ヘビーだった。……相羽なぁ。あいつはいいやつだしメイクしてたら女に見えなくもねーし嫌いじゃねーけど、いくら女っぽい形を整えても肉体はしっかり男性なわけで「ついて」て、俺はヘテロセクシャル（異性愛者）だ。そもそも心だって相羽は「性自認は女性だけどべつに完全に女なわけじゃない、男性の部分もある」みたいなことを前に自分で言っていた。……これ話半分くらいで聞いてたけど、いまにして思えばそういう部分打ち明けるのって結構勇気いることだったんじゃねーの？　適当に聞いてたわ。もしかしたら俺がそんな深刻に受け止めずに、ふーん、程度で「適当に聞いてる」から話したのかもしれんが。

おいおい、誰か二週間くらい時間戻してさぁ、お気楽な俺に戻してくんねぇ？

でもジャストタイミングで姉の点火に間に合った奇跡の世界はここだけしかないのかもしんない。

村上春樹が作品の中で「うまく踊れ」って言ってたな。できるかよ。ふぁーっく。

なんも考えずに煙を吐いて輪っか作って遊んでたら、ポケットの中でスマホがぶーぶー鳴る。

なんだようぜーなと思いながら、親からなのを確認してフリックして耳にあてる。

「何？」

「あんたいまどこにいるのよ？　すぐ帰ってきなさい」

「大学だけど。なんかあったん？」

「お姉ちゃんが職場で泡吹いて倒れたって」

俺は大きく溜め息をついた。

第三章　雑魚乙《ざこおつ》

病室のドアを開けると親がぎゃーぎゃー姉を問い詰めていて姉が青白い顔して小刻みに震えながら蚊の鳴くような声で答えてた。「新庄さんは」「会社は」「なんでそんなことに」「鬱なんて気の持ちようなんだから」「しっかりしなさい」母親から飛んでくるマシンガンみたいな質問が姉を蜂の巣にしている。あー……、うん。俺は母親とその横でかかしみたいに突っ立ってる父親の後襟を掴んでぐっと持ち上げた。「げあうと」そのままぐいぐい引っ張って病室の外に追い出す。母親は抵抗したが小柄だから引きずっていける。意外にも父親の方は逆らわなかった。「何すんのよ」「いいから出てけ」普段へーこらしてる俺に言われたことに驚いて母親が一瞬黙る。病室の外に出てから俺はちょっとキレる。

「なんなのよ?」

「その言い方、姉に絶対よくないからやめろ」

「は?　あんたに何がわかるの」

「とりあえずだいたいの事情は知ってる」

ざっくり姉の上司がやばいやつで姉がパワハラにあってることと会社やめる方向にもってけねーか説得してるとこだったことを話した。父親が眉間に皺を寄せた。当然母親が「あんたなんでそんな大事なこと黙ってたの⁉」食ってかかってくる。「こうなるからだよ」答える。

「仕事やめるっつったらいい顔しねーだろ」

「あたりまえでしょ」

「かあさん」

父親がとんとんと母の肩を叩く。

「ぼくたちにはわからないこともあるから一度冷静に話を聞こう？」

窘められて、母親がようやっとワントーン声を落とす。

「あんたもしかして最近外泊してたのって」

「姉のとこ泊まってた」

「っ、あんたがついていながらなんで」

「ぼくらがいても何もできなかったかもしれないよ」

お？　昔からなにかと母さんに追従しがちでかかしみてーな父親だと思ってたけど、こっちについてくれるとは思わなかった。「ちょっと姉と話してくる」病室入る俺についてこようとした母親を父親が引き止めた。

がらり。

横開きの病室のドアを開けて姉の部屋に入る。姉は浅い呼吸をひゅーひゅーと繰り返していて体が震えててパニックを起こす寸前に見える。「触っても大丈夫か」姉が顎だけかくかく動かして、俺がベッドに腰かけるとむしろ縋りついてくる。姉の体はプレステのコントローラみたいな震え方をしててちょっとウケる。俺の胸に額を押しあてる。背中に手が回る。どうやら過呼吸気味になっててうまいこと息が吸えないらしい。「医者呼ぶか?」首を振って拒否する。じゃあまあいいかと姉の好きなように抱き着かせてやる。

なんでああなんだろーなー、と母親の態度のことを考える。

うちの母親は結婚して子供ができたのを機に仕事やめるまではバリバリのキャリアウーマンだったらしい。結構仕事ができて破竹の勢いで昇進して高い給料貰ってて人を顎で使ってた、というのが本人談。精神疾患の類なんか経験したこともなくて想像もつかなくて「鬱なんか甘え」の考え方をしてる人の典型的なタイプだ。父親の方が理解あるのは父親の方が上司に恵まれなかったんだろう、たぶん。パワハラって聞いたときにさっと顔色変わったもんな。

姉の肩をぽんぽんと叩いて背中をさすってやる。すこししたら落ち着いてきたのか呼吸がゆるやかになって体の震えも徐々に収まってくる。「すごくこわい」姉がこぼす。「会社でもすごくこわかった」あーあー、そうかそうか。

自律神経失調症。とか。

パニック障害。とか。

いくつかの単語が思い浮かぶ。どれも姉とは無縁のものだと思っていた。

姉の状態はそりゃべつにいいもんじゃねーんだけど練炭とか七輪のこと思い出して俺の胸の中で震えてるってのはまだまだ全然ましで、ほんっとに生きてるだけで丸儲けだなぁと思う。凍えてるならあったためてやりゃいいんだから。

正直俺は「さぁ、これから平岡を社会的にぶち殺そうぜ！」って、相談をしたかった。でもいまの姉にそれを持ちかけるのはちょっとしんどそうだったからとりあえず黙っておく。

つーかいま姉に必要なのはぎゃーぎゃーやかましい親やら俺の相手をするよりしばらくぐっすり寝て気持ちを落ち着けることだと思うんだけど、そんなシンプルなことがうちの両親にはわかんねーんだろうか。わかんねーんだろーな。けっ。ドアがこっそり開いて父親がゆっくり足を踏み出して「入っていい？」的な仕草をする。俺は唇に指あてて「いいけど静かにしろよ？」と返す。頷いた父親が中に入ってくる。母親がそれに続く。

軽く肩を二度叩くと姉が俺の胸の中から顔を上げて父親とか母親の方を見る。怯えた目をしてる。母親がまたぎゃーぎゃー言いかけて父親に視線で咎《とが》められて、言いかけたことを飲み込む。んで「あんたうち帰ってきなさい」言い直す。

「よくわかんないけど、疲れてるんでしょ？　好きなもの作ってあげるから」

姉が小さく頷く。

何かと圧力かけがちで威圧感の強いうちの母親だが、べつに俺や姉のことが嫌いってわけじゃないんだよな。

自発的に話す気になるまで様子を見ようってことになってとりあえず母も無理に聞き出そうとはしなくなった。どーせ事情はなんとなく察しはついていた。誰かが姉を「怒った」んだろう。これまでどん底にいて感情が麻痺ってて「死のう!」って意味で前向きになってた姉は「怒られて」も「きつい」くらいで大丈夫だった。でもちょっと休みを貰って摩耗してた感情が回復する機会を得て「怒られた」ダメージが直撃してしまった。そんなとこだろう。

で、姉が泡吹く直前に実際にあったことをぽつりぽつり俺にだけ話してくれた。

平岡はまず姉が休暇を取ったことに難癖つけてきたらしい。「おまえのせいで俺の仕事が増えた」だとか「社会人が何日も休暇取るとか仕事なめてんのか」とか「土下座して他のやつに謝ってこい」だとか。(このへんですでに俺の頭は???マークで埋まった。休暇取るのがダメなら有給制度ってなんのためにあるんだ? インフルエンザとかなったらどうするんだ……?)姉は営業職で同じ部署のやつらもあっちこっち飛び回ってるわけだから直接顔を合わせるのは難しくて一人一人に電話かけて謝ってった(なんで?)んだけど横から平岡が「誠意が足りない」とか「そんな顔してほんとに謝ってんのか」だとかネチネチネチネチ文句つけて(は?)最初の一人からやり直せとか言いだした。二回目かけたら電話口の同僚が「そんな何回も同じことで電話かけられたら顧客と連絡が取りづらくて困る」という当然の抗議をしてキレ気味に電話ぶち切った。姉は次のやつにかけろっていう平岡と電話かけられるのが迷惑な同僚との板挟みになってどうしていいかわからなくて途中から脳がバグりだしてスマホが持てなくなって電話がかけれなくなった。でも隣で平岡が「早く次かけろ」と怒鳴ってる。なんとかスマホ持とうとしたけどやっぱりできなくてストレスが爆裂して泡吹いて倒れた。と。

あっはっは。

想像してたより全然意味わかんねーわ。

姉はあらためての簡単な診察のあと体の病気なわけじゃないから「帰って大丈夫ですよ」と言われる。一旦、親の車で姉の家に行って着替えとか簡単な荷物だけ持って実家に戻ってくる。姉の部屋はしばらく使ってなかったから埃っぽくて「あつし、手伝いなさい」って母親と俺が必死こいて換気して掃除した。その間に父は買い物行ってた。

その夜は夕飯に姉の好物のきのこのあんかけみたいなソースがかかったハンバーグを作って食べたんだけど、姉の箸はあんまり進んでいない。そのへんでようやっと母親も「これはただごとじゃない」って気づいたらしい。スポーツ少女だった姉は昔っから食うのが好きで米とか肉とかバクバクいってた方だったたから。

飯食い終わった（姉は半分以上残した）あと姉は部屋に戻ったんだけどしばらくして俺の部屋を

ノックして「来て」と言った。なんだよ？　部屋に行ったが、実際特に用事はないらしい。姉は黙りこくってベッドに腰かけてるだけだった。「漫画取ってくるわ」二人で黙ってるのもなんだったから俺は自分の部屋から『金色《こんじき》のガッシュ!!』を十冊ほど取ってくる。姉の部屋の床に座って読み始める。

「手、握って」

「ん」

姉が差し出してきた手を取る。冷たい。緊張してて血管が収縮してるからだ。

片手で漫画読みながら片手で姉の手を握ってると俺が緊張してないのが姉に伝わったのかちょっとずつ血管が拡がって手に血が流れ込んでくる。

「あつしの話、してほしい」

「んー、あー？」

言われて、困る。人に話せるようなおもしろおかしい日常は送ってないのだ。俺が話せることと言えば大学の講義のことと相羽のことくらいで、相羽のことはいまちょっと人には言いづらい。講義のことっていえば犯罪学の教授が「オタク文化の影響で犯罪がーとかメディアでは言ってるけどね、家庭環境の影響の方がよっぽど大きいわけなんだよ。それを加害者が〝『デスノート』がー〟みたいなこととか言うと話題になるもんだから耳目を引くためにおもしろおかしく書き立ててるわけで。まったくちゃんとしてもらいたいもんだねえ」って怒ってたことくらいしか言うことがない。

非行少年少女の大半が家庭環境に問題がある。言いながら俺は平岡ってやつの家庭環境はどんななんだろーなと考える。家庭環境は悪いんだろうか。結婚してるのか知らねーけどしてるなら嫁さんや子供に蔑ろにされてたりするんだろうか。子供の頃から暴言や虐待に晒されてたんだろうか。

たぶん、違うと思う。

平岡ってやつはそこそこ優秀なんだろう。姉の入ったとこは取ってる人の条件が厳しくてうちの就職課でも「あそこはきついと思うよ」って言われてるくらい。そこで課長って地位でそこそこい給料貰ってるってことは頭いいやつのはずだ。嫁さんに当たり散らさない程度の分別はある。家庭や会社で「いいやつ」として振る舞って澱みみたいに積み重なったものを、姉に向かって吐き出している。そんなイメージがある。子供の頃はクラスのまとめ役とかやってそう。教師に見つからないところで日陰者のべつの子供をいじめてたりしそう。子供の頃からずっと「殴っていいやつ」を見つけて殴っている。それをいまになってもやめれていない。そんな気がする。

俺が内心で考えてることを露とも知らずに姉は講義の内容を「へー」っておもしろそうに聞いている。

姉の大学の頃の話を聞き返そうかと思ったのだが、新庄さんとべたべたしてた話しか出てこなさそうな気がして訊かなかった。

その夜は手を離すならせめて近くにいてくれと言うので、姉の部屋に布団を敷いて寝た。

それはともかくとして内心で俺はぶちギレていた。

次の日に電車乗って大学行って山路教授の部屋を開ける。「姉説得するんで訴訟する方向で進めていいすか」「いいよ」教授は二つ返事だった。「いまひまだったからねー」年末近い十一月にひまなわけなくねー？　と思うのだが山路教授は大学でハブられ気味だって前に言っていた。なんの件だったか忘れたが事務員さんたちの雇用契約系で「それ法律ではそうなってないよ」ってところにがっつりつっこんで干されてるとか講義のときに言ってたっけ。干された感想は「仕事減って嬉しいや」とのこと。つっよ。

「委任状作るねー。着手金はなしでいいよ。んでぼくの取り分は〝あっちから引っ張れた額〟の10％で」

相場がたしか16％ってあったたし、たぶん安いと思う。

山路教授が悪い顔してるのだけ気になったが。

「持ち帰って姉と相談します」

「もちろん」

必要な書類を貰って、電車に乗って帰る途中でおんなじ電車にピンク色の頭が乗ってることに気づいた。今日はメイクと女装の方。目が合いかけて逸らされた。途中まで乗り合わせただけかと思いきや、乗り換えでもついてくる。ついにはうちの最寄りの駅で俺と一緒にそいつも降りる。撒こうと思えばたぶん撒けるのだがそれはなんかひでー気がしたので俺は階段の前で人波から外れて脇に退《ど》いて立ち止まる。振り返る。

「よお」

「……あはは」

相羽が笑って誤魔化そうとした。

「ファミレスかどっかいくか？」

「本谷がいいなら」

駅から歩いて五分のところにあるファミレスに入った。とりあえず山盛りのポテトフライとドリンクバーを頼む。ホットコーヒーに砂糖を入れてかき混ぜながら俺は「このあいだの返事が聞きたい、てことでいいのか」と尋ねた。

「あ、それはほんとに言わなくていいよ」

じゃなんでつけまわしてたんだよ？　相羽がなんか俯いたり視線逸らしたりで言いづらそうにしてるから無理に聞き出すよりも待ってやった方がいい気がする。から「おまえらのバンド結構よかったぞ」とかなんかそういう迂遠《うえん》な話の進め方になる。

「ありがと。でもそのあとのやつらがさ」

「ああね」

「あいつらがうまいのは知ってたんだけど、同じステージに立ってみるとやっぱり差を感じちゃったなぁ」

相羽がストローを突き刺してメロンソーダを啜る。

大学でのこととかしょーもねー話を一通り終えたあとに相羽がぽつんと「母親に〝いつまでもバカみたいな恰好してバカみたいなことやってないでちゃんとしなさい〟って言われてね、〝あたしはべつにバカみたいな恰好してるわけじゃないしバカみたいなことしてるわけじゃないよ〟って言い返したら、〝私に文句があるならさっさと出て行きなさい〟って。それから顔合わせる度に〝いつ出て行くの？〟って言われるようになって、きつくなって逃げてきちゃった」言う。

わお。

「今日どうするつもりなん？」

「当面漫画喫茶にでも泊まろうかなって」

「おまえ、うち来いって言ってくれるの期待してるだろ」

相羽がぺろりと舌を出した。

最近溜め息つきまくってる気がする
「うち来いよ」

「いいの？」

「いいんだよ」

会計を済ませてファミレスを出た。うちに帰って「ただいまー」という不貞腐《ふてくさ》れた俺の声には反応しなかった母親が相羽の「おじゃましまーす」に反応して玄関に出てきて目を丸くする。「お姉ちゃん！　お姉ちゃん降りてきなさい！」「んー、なぁーにぃー」階段からぴょこぴょこ降りてきてひょっこり顔を出した姉が「あっくんが……あっくんが彼女連れてきた⁉」今世紀最大の衝撃を受けたような顔をした。

相羽も相羽で「はじめまして。相羽です。敦くんとは、仲良くさせてもらってます」女声を出してにっこり笑顔を作って積極的に誤解を誘引する。やると思ったよ……。

母と姉がきゃーきゃー盛り上がっている。いちから全部説明して誤解を解く努力をするのが面倒でもういいや誤解させたまま進めちまえと思う。

「今日こいつ泊めていい？」

「ええ！　もちろん」

母がキッチンに引っ込んでいく。

姉の横を通り抜けて階段を上って相羽を俺の部屋に案内する。「案外片づいてるんだ」意外そうだった。「どんな部屋想像してたんだよ」「そりゃもういかにも男の子ーって感じの」「おまえの部屋は？」「散らかってる。服とか化粧道具とか」そういうところから直してみるのが親との関係修復の第一歩だったりするんじゃねーの。とちらっとだけ思ったが余計なお世話もいいとこだったので言わずにおいた。

「ちょっと待ってろ」

一階に下りると案の定、母が部屋を覗きにくる口実に飲み物とクッキーを用意してた。「さんきゅー」言いながら奪い取る。口実を潰されて不満たらたらな母が「あんた親のいる家でエッチなことしないでよね」言ってくる。するかよ。「いないときだったらいくらでもしていいけど」ああ、そうかい。部屋に戻る。と、今度は姉が俺のいない間を見計らって部屋に入り込んでいた。「あっくんのどのへんを好きになられたのですか?」「優しいところですね。本人は全然自分は優しくないと思ってるのがかわいいですよね」「ほうほう。なるほど」姉の首根っこを掴んで放り出した。ドアを閉める。「けちー!」外で喚いている。

「疲れた」

「あはは。楽しいお姉さんだね」

しばらくくだらねー話で時間を潰してたら母が「夕飯食べるわよね?」と呼びに来る。相羽が「いただきます!」返事をする。リビングのテーブルにはコロッケが山のように積み上がっていた。おい、張り切りすぎだろ、ぼけなす。相羽はさすがに飯時は手袋は外してたがネックウォーマーはつけたまま。注視すればわかるはずだがじろじろ見るのも失礼だと思っているのか、母も姉も途中で帰ってきた父も相羽の正体に気づかない。

「あつしのどのへんを好きになったの?」

母娘で同じこと聞くな。

相羽は相羽で「優しいとこですねー」と同じように答える。「気を使ってないふりして気を使ってるときありますよね、あつしくんって」おまえ普段の呼び方って本谷かもとやんだろうが。頭を抱えそうになった。姉は昨日より箸が進んでた。なんでだ？

飯食い終わって部屋に引っ込む。外も暗くなってくる。

そろそろ化粧落とせよと思ったが化粧落とした顔をあいつら（母と姉）に見られたらややこしそうだからなんとも言えん。

「風呂とかどーする？」

「一緒に入る？」

ふざけろ。

俺はシャワーだけ浴びた。

相羽が「うちの親も本谷のとこみたいだったらよかったのになぁ」とこぼす。こっちの家はこっちの家でべつの問題はあるし、こっちだっておまえみてえなの捌き切れるかわかんねーよ。とは口には出さない。けっ。布団敷いてやったらなんか言いたげにこっちを見ている。ちょっとした冗談を思いついたけど引かれそうで言ってみようか迷ってる、みたいな目をしている。

「なんだよ？」

「ええと、一緒に寝る？」

いい加減にしろよ、おまえ。

さっさと灯りを消して俺はベッドに潜り込んだ。相羽に背を向けて目を閉じる。化粧したままの相羽が隣にいるのが気になって落ち着かない。まあそのうち寝れるだろ。と思ってたら相羽の方から「本谷、起きてる?」声がかかる。「何?」「キスして欲しい」「いいかげんにしろ」「冗談じゃなくて」「……」起き上がって、電気をつけた。

相羽を見る。ライブハウスの前で縮こまってたのと似たような弱気な目をした相羽が俺の部屋にいて、布団を半分被って上半身起こしている。「それおまえにとってぜったいにいるのか?」「ぜったい必要。いますごくさみしい」親に拒絶されて半分叩き出された気持ちは俺にはよくわからんけどまあそういうもんなんだろう。俺はなんかもういいやっていう気分だった。どうにでもなれよ。

「あのさぁ、これで俺がおまえに、なんだ? 気ぃ許した? とは思うなよ。こっちはまだ考えてんだから」

「え?」

顔を近づけた。

なんていうか、思ってたよりは、ふつうだった。

嫌悪感とかはそんなになかった。

それよりもほんとにされると思ってなかった相羽ががっちがちに緊張してたのがちょっとウケた。

顔を離す。

「終わり。寝ろ」

もっぺん灯りを消して布団に潜り込んだ。

「本谷がさ」

「あん？」

「適当に誤魔化したり頭から否定したりせずにちゃんと考えてくれてるのが嬉しい」

相羽はそういう誤魔化しやら否定に傷つけられ続けてきたんだろーなというのが頭を過って、あんま感情移入しすぎて同情するべきじゃない気がしてそういう考えを振り払った。

「フラれても後悔しないと思う」

そーかよ。

そりゃよかったな。


姉は診断書を提出して傷病休暇を取ることになった。「ダイパクリアしちゃった」と言うのでポケモンスナップを貸してやったら今度はポケモンを撮影している。フラージェスが手を振ってくれたことに喜んでいた。

平岡ぶち殺そうって言い出しにくいなー。確実に気分盛り下がるもんなー。

「どしたん？」

電車のつり革掴んだ相羽が首を傾けて俺の顔を覗き込む。

「おまえと連れだって大学行くのが妙な気分なだけ」

「あたしも」

口元に手をあててくすくす笑う。

「その格好してると痴漢とかあったりすんの?」

「爪でぎゅーってやる」

相羽が指を立てて握る動作をする。令和になってもまだ痴漢とかあるんだな。「ちんこ捥《も》がれたらいいのにと思うよ」そうだな。途中の駅でわんさか人が乗ってきて電車の中がすし詰めになる。俺と相羽は降車側と逆側のドアに追い詰められる。「ん、ごめん」相羽が俺に寄りかかる。「おまえわざとだろ」「あ、ばれた?」楽しそうだなぁ、おい。

そのうち人が捌けてきたが相羽は寄りかかったままだ。肩を掴んでゆるく突き放す。「あん」だからおまえさぁ……。

大学に着いて講義が別々だったので相羽とは別れた。相羽はその日はバイトで大学から家には戻らずにバイト先に出て行った。俺は一人でうちに帰る。「あら、今日は相羽さん一緒じゃないの?」母親が訊いてくる。「チガウ」「あんたやるじゃないあんなかわいい子口説き落とすなんて」「……」「行儀のいいお嬢さんだし、なんならずっと泊めてもいいわよ?」うちの親は相羽が寮住まいで一人暮らしだって嘘ついたらそれをすっかり信じ込んでいる。ふぁっく。「あーえーあいつあんなだけど、髪色とか気にならんの?」「あたしだって就活前は染めてたわよ」想像つかねー。

「当分泊まっててもいいって言ってみるわ」

「ええ、そうなさいな。もうちょっとお喋りしてみたいわ」

保守的な部分のあるこの人に相羽の性別のことを話したらなんて言うんだろうなー、と考える。さすがに何日も一緒にいたら気づくだろう。

連絡したら相羽はバイト終わってからほんとにこっちに来て夕飯食って姉や母親と楽しくお喋りして俺の部屋で寝る。俺はいろんな意味で「こいつはなんなんだろう？」と思う。べつにいるのが嫌ってわけじゃないし、俺もふつうにわりと楽しいのだが、ほんとにこれでいいんだろうか。むしろ違和感なく馴染めてるのがちょっとこわい。

さすがに何日も風呂入らねーわけにはいかないから相羽は誰もいない夜中を見計らって風呂入って化粧を落として俺の部屋に戻ってくる。

「さっぱりした」

男の顔した相羽が俺と目が合ってにこっとする。

「何？」

「なんでもねーよ」

適当にくらだねーことを話しながら寝る。朝になって起きたら相羽がいて、俺の部屋のちっさいテーブルを占拠して化粧をしてる。「あ、おはよ」なんて言う。なんだかなぁ。

これ続くのか？　と思ったが三日連続では泊まらなかった。

大学に行ったあと「今日は漫画喫茶に泊まるから」午後にＬＩＮＥが来た。

しばらくその文面を眺めて言うか迷ったが、言ってみる。

「おまえに一個だけアドバイスしてやる」

「何？」

「部屋片づけろ。押し通したいことがあるんなら他のことでひとつも文句つけられないようにしろ。俺はそうした」

「へえ」

「余計なこと言ってすまんかったな。また泊まりにこいよ」

「うん」

ＬＩＮＥを閉じる。

あいつのいねーうちに済ますか、と思って俺は大学終えて家帰ったあと、姉の部屋をノックする。「はぁい？」返事があったのでドアを開ける。「ちょっと待って、いまニャスパー撮ってるから」Switchでポケモンを撮ることにすっかりハマった姉がニャスパーだけ撮り終えたあとポーズをかけてゲーム画面を止める。

「このゲームやってるとキクコさんが言ってた〝ポケモンは戦わせるものさ〟って台詞がなんだかすごくちっぽけな価値観に思えてくるね」

Switchを置いて俺を見る。

「どうしたの？」

「やっぱパワハラ訴えようぜ」

姉が目を閉じて眉間に皺を寄せる。

「あーうーあー……」

得られるものと労力を天秤にかけて、迷っている。

「もし姉が仕事やめないといけなくなって訴えも退けられて再就職も難しくてどうにもなんないようになったら、俺が一生姉のこと養うから。姉にリスク負わせねーから。それでどう？」

「んー……でも会社に迷惑かけれないから……」

「会社はねーちゃんに迷惑かけてるのに？」

「それは、だって、そういうものだから」

「ほんとに？」

「……」

姉がいきなり弱気な目になる。

「俺はねーちゃんのこと怒ってないよ」

「うん。わかってる」

「しかもなんでそんなに俺が平岡をぶちのめしたいかっていうと、俺がそいつのこと個人的にムカつくからだよ」

「そ、そーなの……？」

「いやもうまじで。一回電話取ったときにぼろくそ言いだしてから、は？　って思ってた。姉だって俺が意味わかんねーやつに絡まれてくそバカにされてたらいい気しないだろ」

「それは、そうかもだけど」

姉は首を捻る。「考えとくね」と、なんとか絞り出すが「考えとく」といまの姉はどんどんマイナス方向にいくのが目に見えてる。

「下手の考え休むに似たりだから、いま決めて」

「えー……？」

「たぶんだけど姉はこのままだとずっと職場こわいと思うよ」

「そう、かな」

「うん」

「じゃあ、その、……やってみるね」


姉の決心が鈍らないうちに改めて山路教授と姉を会わせて書類を書いたりいろいろ打ち合わせやって姉の会社に連絡を入れて、ともかく一回向こう側とも話し合うことになった。

「未払い残業代のことも訊いてみるけどいいよね？」

「いいですけどきちんと支払われてるのでほぼないと思いますよ」

「まあまあ」

だから山路教授その悪い顔は何？

んで話し合いの日になる。

姉の会社はデカいビルの中にあった。受付で山路教授が「予約入れてる山路でーす。平岡さんにお話があって来ました」やけにテンション高い声で言う。受付のきれいな女の人が俺たち三人を視線でさっとなぞりその中に青い顔をした姉がいることに不思議そうな顔をする。姉がぺこりと頭を下げる。

受付の人が予約を確認して内線電話で取り次いだ。「山路様がお見えになりました」二言三言その人が話して通話を切り、俺たちに向き直る。「三階で降りて応接室へどうぞ」左手側にあるエレベーターをてのひらで指す。

「ありがとー」

山路教授が礼を言い、俺たちはぞろぞろとエレベーターに乗り込む。

エレベーターが動き出して表示が三階で止まる。ドアが開く。中年のおっさんが俺たちを待ち構えていた。〝安そうじゃない〟くらいのスーツを着てる。腕時計。髪をきっちり撫でつけている。たぶん三十代後半から四十代前半といった風情。若い頃は男前だったんだろーなって感じの顔つきだった。結構びしっと決まってるはずなんだけど「なんか違うな」という印象を受けた。そいつを見て姉が俺の後ろでびくっとしたのがわかった。ああ、こいつか。

「お待ちしておりました。平岡です」

「ああ、どうも平岡さん、ぼくは山路で、こっちは由美さんの弟さんで敦くん」

山路教授が微笑しながら俺にてのひらを向ける。

「どうも」

愛想よくする必要も礼儀正しくする必要もべつにないだろうと思う。平岡が俺を見て、背後の姉を見る。姉を見たときの目つきが気に入らなかった。自信に満ちた目をしていた。「自分には一切瑕疵《かし》はないけれど面倒なことに巻き込まれたから仕方なくこの場に付き合っている」。そんな顔つきに見える。

姉が委縮して俺の服の裾をぎゅっと握る。

「ご案内します。こちらへ」

平岡の先導で俺たちは廊下の角を曲がって応接室へ通される。観葉植物が置いてあってテーブルと来客用の椅子がある以外はなんもない。無味乾燥な部屋だった。テーブルの向こう側には若そうに見える眼鏡のおっさんがいて手元から顔を上げてちらっとこっちを見た。

「斎藤《さいとう》です。よろしくお願いします」

ちょっとだけ頭を下げる。

「由美さんの代理人の山路でーす。普段は学校の先生をしてまーす」

なんか、ウソはついてねーな、って感じの自己紹介を山路教授がする。

なぜか教授が「座って座ってー」と俺たちに椅子を勧める。教授が斎藤さんの前に。その横に俺、姉の順で座る。平岡が斎藤さんの隣の、俺の前に来る。厳めしいツラして俺と姉を順に見る。姉がますます委縮する。

「時間を無駄にするのもなんなのでさっさと本題に入りましょう。パワハラの話をしにきました！」

「事実無根です」

山路教授の言葉を斎藤さんが一刀両断にした。

「訴えに出るというならばこちらにも相応の用意があります。守秘義務違反、情報漏洩《ろうえい》で本谷さんを告訴する準備を進めています」

「へえ。そういう態度に出るんだぁ」

にこやかにしてた山路教授からさっと表情が消えた。

「やるんだね？　裁判。いいよ。ぼく年甲斐もなく頑張っちゃうよ。いまひまだし。材料はあるんだから徹底的に詰めちゃうよ。それでいいんだね？　わかったよ」

「はい？」

「そもそもさぁ、守秘義務違反、情報漏洩ってどういうことで言ってるわけ？　秘密保持命令って準備書面だとかを漏らしたり業務上の秘密が含まれてないと適用されないよね？　由美さんが個人所有のスマートフォンに送られてきた上司とのやりとりを訴訟の準備のために必要だから弁護士資格持ってるぼくと家族の弟くんに相談したからってそれがどういう風に守秘義務違反に繋がるってんの？　言ってみなよ？　いやぁ、ぼくの知らない所で法律の解釈が変わってたなんてびっくりだなぁ！」

「……」

「はい、論破ー」

山路教授が片手でピストルを作って相手に突きつけた。

「あのさぁ、相手が素人さんと学校の先生だからって〝一発脅してからことにかかろう〟なんてのは五流のやることだよ？　きみじゃ話にならないよ。ちゃんとした顧問弁護士の人出してよ」

「……篠崎電子の顧問弁護士の斎藤幸助《こうすけ》と申します」

「はぁ？　まじで言ってんの？　あぁ、もう、まあいいや」

山路教授が座り方を崩して足を組んでひじ掛けに思いっきり肘をつく。

顔を顰める。態度をデカくする。

「金額の大小じゃなくてパワハラ自体を否定する気でいるんだね？　きみなんて聞いてるの？　調査ちゃんとやった？」

斎藤さんとやらがたじろいでいる横から、平岡が「熱が入ることもありましたが正当な指導の範囲内だと考えております」と言った。

「ふうん。由美さんあれ貸して」

「はい」

姉が鞄から小さなペン状のものを取り出した。ぽちっと山路教授がスイッチを押すと。

「てめえ何日休んだ？　社会人が一週間近くも休み取るとか仕事なめてんのか」「顔に反省が出てねえんだよ。誠意見せろ。膝つけ。バカでもそれくらいできるだろ」平岡の怒鳴り声が流れた。続けてドンと壁かなんかを叩く音。山路教授が取り出したのはボイスレコーダーだったらしい。いつ録ったんだよと思ったがすぐに思いあたった。姉が泡吹いて倒れたときのやつか。教授の入れ知恵で自衛手段として持たせていたようだ。

「これ、パワハラにあたんないってきみは主張するんだね？　ちなみにこれ十五分くらいあるけど全部聴く？　ほんとはもっと録れる予定だったんだけど、なんかにあたってスイッチ切れちゃったみたいで、なんにあたったんだろーね？　胸ポケットに入れてたのを、誰かが突き押したのかなぁ？」

「ひ、平岡さん!?」

斎藤さんの声が裏返った。こいつはほんとに平岡からなんも聞いてなくて「厄介な部下がパラハラをでっちあげて有利な条件で退職しようとしてる」とかそういう案件だと思ってたようだった。

「捏造《ねつぞう》です」

即座に平岡が言い切る。

「それは裁判所と労基署に判断してもらおっか。で、訴訟やるんだよね？」

山路教授の顔に笑顔が戻ってきた。

渋い顔した斎藤さんが「……示談に」切り出す。

「えー。本谷さんどうしよっか？」

「裁判にします」

姉が言う。

ちなみにこれも山路教授の入れ知恵で「ぼくが止めるまで裁判するって姿勢でいてね！」とのこと。

すまし顔だった平岡が一瞬だけものすごい形相に変わった。すぐに元の顔に戻る。

俺しか気づかなかったが。やっと本性見せたなーと思う。

「三年って長いよねぇ。由美さんつらかったねー」

「か、隠し録りは証拠採用されるかどうか疑問点もつくはずです」

これはたしかにそうで例えば姉が不当に平岡を挑発して録音内容のような発言を引き出したケースが考えられるためだ。が、どう聞いても流しっぱなしになっている録音の中の姉は「すみません」「ごめんなさい」を繰り返していて平岡を挑発しているようには聞こえない。にも拘らず平岡は一方的にヒートアップしている。

「由美さん、スマホ出して」

姉がＬＩＮＥの画面を見せた。

例の平岡からの「メッセージの送信が取り消されました」がずらりと並んでいるやつ。

「こちら側からの返信は〝すみません〟とか〝ごめんなさい〟ばっかりだけど、これ平岡さんはなんて送ってたの？」

「業務上の内容です。お話できません」

「OK、〝業務上の内容〟ね。言質《げんち》取ったよ？　斎藤さんも聞いたよね？」

「は、はぁ……」

「たぶんねぇ、斎藤さん。きみが聞いてるのと、こっちが持ってるやり取り違うと思うんだよ。だから一枚だけあげるね」

教授がクリアファイルから、例のＬＩＮＥでのやり取りをコピーした紙を一枚抜いて、斎藤さんに差し出した。「全裸で土下座してこい」とか書いてあるどぎついやつだ。

「……」

斎藤さんがそれに視線を落としたまま見るからにうなだれた。「平岡さん、この内容は事実ですか？」「さきほども言いましたが捏造です」山路教授が「いいねえ。じゃあ業者さんに頼んでデータの復元お願いしよっか。こういうのって消したつもりでも実際は消えてなくてログには残ってるんだよね」にこにこしながら言う。

「まあまともな人ならわざわざ消さないといけなかったんなら、そういうことだってわかるよねえ」

何か言いかけた平岡を、斎藤さんが手で制した。

あんたはもう黙っててくれってことらしい。

「三十万で手を打ちませんか」

「ここで過去の判例を振り返ってみよっかー」

山路教授は休職や心的外傷後ストレス障害（ＰＴＳＤ）などを含んだパワハラで賠償金が二百万円を超えた例を持ち出す。（その例では目に見えた暴行もあったそうだが山路教授はあえてその点はぼかす）姉は職場で泡吹いて倒れて母親にぎゃーぎゃー言われたくらいでビビッてがくぶるしてて具体的に不眠やら食欲不振の症状も出てて少なくとも自立神経失調症の類には該当しそう。

「もういいです。わかりました。五十万。近い事例の判例から考えてもこれ以上は出せません」

山路教授が姉に目配せする。俺も判例をいろいろ調べてみたが、パワハラ受けた人が死んだとかでなければ百万が最大で五十万は取れたら上等という感じだった。うまくいった方なんだろう。

「もちろんだけど、プラス平岡さんに対する是正勧告は絶対ね？」

「はい」

斎藤さんが眼鏡をはずして額を揉み解した。鞄の中を探って書類を取り出す。示談書だ。斎藤さんが空欄にさらさらと金額やら諸々を書き込んで、平岡に確認を取る。平岡が渋い顔で頷く。「やり方に不備があったということは認めます」まだ言ってやがるとは思ったが、まあ金払うならなんでもいいやとも思う。

「この内容で間違いありませんか」

「うん、まだだね？」

　斎藤さんが怪訝《けげん》な顔をする。

　山路教授が「さっきLINEで送付していたのが〝業務上の内容〟だってことは平岡さんの口から確認したよね？　それで、このLINEの内容を見てみたら〝すぐに返信がなければ叱責《しっせき》される〟みたいだね。ねえ、これって法的には『業務時間』だよね？　残業だよね？」と言った。

「通常業務が終わるのが午後六時。だいたい七時くらいまでかかることはあるみたいだね。平岡さんからのLINEはそのあたりから多くの場合は午後十一時まで。長ければ午前一時まで及ぶこともあるねぇ。おおっと。休日に一日中付き合わされることもざらだねえ。給与の日割りからざっと概算して三年分を掛け算すると、慰謝料とは別口で未払いの残業代が四百万ってところかな！」

「それは、その、解釈によりますが」

「いいよ。聞くよ。日常的に上司から連絡が送られて返信がなければ叱責される場合にどういう解釈をつけるのか。何よりさっき平岡さん自身の口から業務内容だってもらってるしねー。似たような例は何件か知ってるけどぼくが知ってる限りだとちゃんと時間外労働だって認定されてるね。おおっと。受け取っても返信の義務はないだろう、だから業務時間にはあたらない、って？　今回の場合は明確に何度か〝返信が遅い〟、〝連絡を受ければすぐに返すのが当然〟という文言が見受けられるよ？　上司である平岡さんは由美さんに対して返信を義務づける業務命令を下してるね！」

「……」

山路教授が判例を何件かあげるのを遮《さえぎ》って斎藤さんが「上と話しますので、すこし待ってください」と言って、部屋から出て行く。

「だってさー。ぼくらもちょっと休もっか」

んなこと言っても平岡が向かいにいると喋りづらい。

姉が席を立つ。たぶん便所だろう。

すこし遅れて平岡も出て行く。

平岡が消えたので俺は小声で「残業代ってそんな取れるもんなんすか」訊く。「いやぁ。どうだろうね？」山路教授はけろっとしている。まあ俺も多めにふっかけて折り合いをつけれる点を探していくのがこういう場合のやり方ってのはある程度知ってるけど。

山路教授とくちゃくちゃ喋ってるが、斎藤さんの電話は長引いてるし姉も平岡もなかなか戻ってこない。教授がふと「敦くん、トイレの様子見てきて」と言う。

……げ。思い至らなかった。

「行ってきます」

急ぎ足で部屋を出て通りかかった人に便所の場所を聞く。角曲がった奥。平岡とすれ違った。悠々と堂々と歩いてった。「姉？」女子トイレの中に向けて呼びかける。返事はない。「すみません、入ります」手洗い場で姉がぐったりして座り込んでた。「姉ー、姉。大丈夫か」目が虚ろ。うん、大丈夫じゃなさそう。

でも姉は自力で起き上がって俺の手を振り払い応接室に戻ろうとふらふら歩きだす。あの野郎、何しやがった？　と思ってたら、斎藤さんが電話終えて戻ってきて再開する流れの一発目に姉がやらかす。

「訴えを取り下げます。パワハラなんて元々ありませんでした。私が過敏になっていただけでした。弟と山路さんに唆されてとんでもないことをしてしまいました。すみませんでした」

対面の平岡が勝ち誇った笑みを浮かべている。

「ふーん」

山路教授がおもしろそうに姉を見る。

姉はぴくぴく震えていていまにも死にそう。呼吸も荒い。斎藤さんも姉と平岡を交互に見て「こいつやりやがったな」みたいな顔をしてどうしていいのか迷っている。が、なんとか「取り下げるということであればもうこちらから言うことは何も」と流れに乗ることを決める。新庄さんの言ってたことが脳裏を過る。「姉は洗脳されている」。なーるほど。

「まあ本谷くんも反省したようだし、処分はなしにしましょう」

平岡がわざと平坦な調子に整えたような声で言う。

処分？　おまえの？　と思ったが姉を降格とかの処分にすることを言ってるらしい。

ブチキレて手が出そうになったがここでブチキレて手が出たら終わりだよなー。

とりあえず隣の真っ青な姉を見る。

「姉。大丈夫か？　息できるか？」

姉が小さく首を横に振る。息はできない。「触るよ」訊いてから背中をさする。「姉がそれでいいならしょーがないけど、なんかあったか？　しんどくないか？」しんどい、の四文字分だけ口が小さく動くけど、声が出てない。泡吹いて倒れてないだけましって感じだな。

「ほんとに取り下げたい？」

「　」

やっぱり声が出ない。「俺がこわい？」横振り。「平岡がこわい？」縦振り。「ちょっとむこう向かせといてください」姉と逆側の壁を指さす。平岡がなんか言いそうになって斎藤さんに止められて壁の方を向かされる。ストレスの軽減を狙って姉を抱きしめてみる。「おこ、おこらないで」姉が声を絞り出す。「あいつ以外は誰も怒らねーよ」元々そうだっただろ。いや、うちの母親は捉え方次第では「怒ってた」に入るのか。あーもう余計なことばっかりしやがるなー。現実逃避がてらべつのことに思考を飛ばす。

姉には落ち着く気配がない。まあ元凶がすぐそばにいて落ち着けってのは無理があるかもしんない。もういいや、あんま気を使ってても現状がよくなることはなさそう。強硬手段に出てやれ。

「さっきだよな？　何があった？　なんか言われた？」

「訴えを取り下げろって。そう言えって。平岡さんに」

寸詰まって途切れ途切れになりながら姉がなんとか言う。

「刑法二百二十三条、強要罪」

山路教授が舌を出した。

「わたしは何も言っていません。本谷くんの思い込みでは？　彼女は精神の弱いところがあるからなんでもないことを過敏に捉えたんでしょう」

平岡が堂々と言い放つ。わお。すっげーな、こいつ。恥ってもんがねーや。

いや、本人はまじで「なんでもないこと」を言って「相手が過敏に捉えている」と思ってるのかもしんない。

「女子トイレの前って監視カメラついてるよね？　それ見たらだいたい何があったかわかるんじゃないの」

山路教授がトイレの方を指さす。

「うちの設備です。提出に同意しません」

あっそ。

「姉、いま姉が取り下げるって言ったらまじであの女子トイレ侵入変態くそオヤジへの訴えをほんとうに取り下げることになるけどガチでマジでほんとうにそれでいくのか？　姉がそれでいいってんなら、俺らは引き下がるしかねーけど。まあそれでもべつに怒りはしないけどさ」

酸欠の金魚みたいに姉が口をぱくぱくさせる。

「俺は怒らねーよー。大丈夫だよー。落ち着けー」

呼吸が落ち着かないまま姉が平岡を睨みつけた。

「死ねばいいのに」

ぽつりと呟く。

ああ、それが聞きたかったんだよ。おまえさぁ、〝でも私が悪いんだよね〟なんていう行儀のいいやつじゃなかったじゃん。気に食わないことがあったら食ってかかって勝ち取ってきただろ？　戦ってきただろ。付き合ってからも新庄にまとわりついてくる周りの女と揉め事起こして「負け犬ー。雑魚乙ー」とかって煽ってたじゃねーか。

「死ねばいいのに。よくよく考えたらなんであたしがおまえにバカとか言われないといけないわけ？　何？　バカはおまえじゃん。財布なくしたときに散々あたしのこと盗人《ぬすっと》扱いしといてカバンの中敷きの下から出てきたの、あれまじで呆れたよ？　有川《ありかわ》さんのところの発注の件だってあたしが数値の入力ミスったことにして謝りに行かせたけどさ、あたし有川さんのとこの入力なんて一ミリも触ったことなかったじゃん。上も上でおまえの報告鵜呑みにしてろくに調べもしねーであたしに責任おっ被せるしさ、まじふざけろよ。何そのスーツ。無駄に金かけてっけど似合ってねーから。センスないって営業の人みんな言ってるよ。それから話しかけるときにいちいち太もも触るのまじで気持ち悪いからやめてくんない？　尻や乳じゃなかったらセクハラじゃないと思ってんの？　きっしょいわぁ。つかおまえ何回も食事行こうっつってくるけどさ。あたし彼氏いたしおまえ既婚だろ？　なんであたしがおまえの性欲処理に付き合わねーといけねーんだよ。おまえはすっきりできて最高かもしれねーけどあたしはきたねーおっさんにきたねーち○ぽ突っ込まれて場合によっちゃそのあと嫁さんに訴えられて金まで取られんのに、あたしになんの得があるわけ？　なんでおまえなんかのせいであたしが雄一にフラれないといけないの。まじでガチできしょいよなおまえ」

姉は小声でぶつぶつと平岡の背中に向けて言い続けた。

「取り下げません。金払わないいんなら訴えます」

姉が冷たい目と声で言った。

それからすぐに顔を逸らして、平岡がこっちを見ないうちに俺の腕の中に隠れた。

「あとのことは全部ぼく通してね。よろしく！」

山路教授が名刺を渡した。

第四章　舌

　それからあとのことは山路教授が受け持ったし姉が俺の仲介なしで直接山路教授とやりとりしたからだいたいの経緯しか知らんのだが、交渉は〝パワハラがあった〟というか〝それがパワハラだったかどうかはともかく会社側と平岡に非があった〟ことを前提として、具体的に慰謝料の金額がどれくらいで残業代がどれくらい下りるかどうかの交渉に入ったらしい。

　平岡は地方に飛ばされることが決まったそうだが、姉が復職できるかは知らん。

「なんであんなクソゴミの言うことまじめに聞いてたんだろ。あーもう信じらんない。ついでにあんたに抱き着いてぶるぶる震えてたのもいま考えたらおぞけがする。うげー」

　姉が言っていた。どうやら姉は退化も可能なデジモンだったらしく、そうそう元々はこういうやつだったと思う。洗脳が解けたようで何よりだが、洗脳されてたときのが性格よかったんじゃねーか、こいつ。

　そうは言ってもまだまだ全然きっついし夜中に俺のとこ来て啜り泣いて松本先生が出してくれた

薬も飲んで調子悪いのをどうにかこうにか誤魔化してるのだが、パニックの発作が来て急に「こわくなる」ことがあっても十分程度で〝こわさ〟の峠は越えることを理解してなんとかできてるらしい。

　とりあえず平岡を会社から殺せたんならよかったんだろーなーと思いながら、大学の図書館でちょっと調べ物したあと夕方くらいの時間帯に大学から駅に向かう道をスマホ見ながらだらだら歩いてて信号青だったから渡りだしたら、左側からきた銀色のスカイラインが結構なスピードで突っ込んできてまあ減速するだろと思ったらそのまま止まらない。やべ。と思った瞬間に向こう側まで走り抜けれたらよかったのにビビって体が固まる。ぶつかる。時速七十キロ超（たぶん）の鉄の塊に跳ね飛ばされて俺の体がフロントガラスにぶつかってそのまま屋根に乗っかって、ぐるっと回って道路に落ちる。体の中からばきって感触がして硬いアスファルトでしこたま頭を打った。自力で救急車呼ぼうとスマホ取ろうとしたんだけど一ミリも体が動かなかった。そもそもスマホは砕け散っていた。

　あれ？　俺、青信号渡ってたよな？　といまさら目だけ動かして信号機を確認したら丁度歩行者用信号が青から赤に変わるところだった。俺を撥ねたスカイラインから運転してたやつが降りてくる。はよ救急車呼んでくれ、と思ったら、そのおっさんは無表情で俺を見下ろす。つーか平岡だった。どうするつもりなんだろうと思ったらくそ勢いをつけて腹を蹴られる。目の前が真っ赤に染まる。何回も何回も平岡の硬い革靴の靴先が腹に食い込む。おーい、死ぬって。と思ってから、ああ、そっか、殺す気なのか。と、ようやっと思い至る。

何がやべーって一言も喋らんのがやばい。

平岡にとってもう言葉は無意味なんだろう。だって殺すんだから。

せめて「おまえらのせいで俺の人生めちゃくちゃだ!」くらい言えよ。そしたらこっちだって「てめーのキャリアがぐちゃぐちゃになったのはてめーがパワハラやってたからだろーがｗｗｗぷぎゃーｗｗｗ」くらい言えるのに。

平岡が全体重載せて靴の踵を俺の頭に叩きつけた。バスケットボールをドリブルするみたいにして俺の頭が跳ねる。視界が明滅する。頬のあたりに濡れたぬるい感触。血っぽい。周りに見てるやつはちらほらいるんだけど平岡の明確な殺意を前にして誰も俺を助けに来ない。警察呼ぶ気配もない。これが例の「誰かがやるだろうと思って誰も救急車呼ばない現象ってやつかー」と妙に冷静な部分で考える。似たような場面に傍観者側で遭遇したら俺は警察とか救急車とかちゃんと呼んでやろーかなとだけ思う。それからいま見てるだけのやつら末代まで祟ってやるからな。もちろん平岡も。

ようやっと誰かが近づいてきて、そいつが黒いドでかい棒みたいなものを振り回してフルスイングした。平岡が不意を突かれて腕でそれを防いで二、三歩よろめく。ギターケースの二撃目が平岡を襲って、素手だった平岡はそれに抵抗できずに後退って、そのままスカイラインまで戻って、乗り込んで逃げ出す。

「本谷！　本谷！　しっかりして」

おい、相羽。

わかったから。

でもしっかりするのは無理だから揺さぶらないでくれ。

いまいろんなところが無限大にいてーから。

死ぬから。まじで。

気絶してた。目を覚ましたら病院で個室にいて姉が俺を覗き込んでいた。姉がナースコールを押してくれて医者が来て、軽い意識検査のあとにいまの俺の状態を教えてくれた。事故から三日が経っていた。医者の話を要約すると車がぶつかったときにまず左大腿骨がばっきり逝ってて車のフロントガラスと屋根に乗り上げたときに鎖骨や肋骨を強く打って亀裂骨折して落ちたときに右上腕骨が折れたらしい。んで頭を踏まれたときに頭蓋骨に罅《ひび》が入って頬骨が折れて歯が折れて鼓膜が片っぽ破れた。と。手やら足の細かい捻挫《ねんざ》やら表皮の損傷やらは数をあげればキリがなくて、ようするにまあだいたいの見込みで全治三十週。おめでとう、入院です。だった。

平岡は殺す気満々だったから「生還した」というのが正しい見方っぽくて、相羽が割り込んでくれなかったらたぶんご臨終で全身包帯塗れでミイラ男状態のいまはまだましっぽかった。感謝しとこう。

入院して一週間くらいは熱が引かなかったし痛くてまともに喋れなかった。

ようやっとましになってきたぐらいで姉が来て現状のことをいろいろ喋っていった。

鼓膜が無事な左側向けてないと聞き取れないのがめんどくさかった。

平岡がどうなったのかというと、目撃者がナンバープレートを覚えてて銀のスカイラインって特徴も何人かはちゃんと見ててしっかり逮捕されたそうだ。が、「車は盗難被害にあっていた。自分はまったく何も知らないし関知していない」とあの堂々とした自信に満ちた調子で言っているらしい。

あれはあれですげーやつだなと俺はちょっと感心した。

姉の会社からは平岡が逮捕されてすぐに山路教授のところに連絡があって三百五十万円が慰謝料＋未払い残業代として振り込まれることになった。奇しくも平岡が逮捕されたことであいつがやべーやつで姉がパワハラにあっていたという筋書きの正当性が担保されてしまって姉はこれまで通り会社で働いてOKだし、なんなら別途で俺の治療費も全額出るとのこと。撥ねられた甲斐があったんだろーか。

ただ元々の主張の未払い残業代だけで四百万って数字はどう考えても無理があって、ちゃんと精査した末に三百五十万って金額に落ち着いたそうだ。この手の示談にしては桁外れに大きい額になったのは事態が殺人未遂にまで発展したから〝これ以上余計なこと喋んな〟という意味もあった

んだろう。（示談書の内容にはだいたい「このことを口外しない」という文言が含まれる）

あぶく銭を手にした姉が俺の病室で「なんに使おうかなぁ？」とちょっと首を傾げる。

「とりあえずSwitch買え」

んで俺のを返せ。

なんならポケモンアルセウスをつけろ。

「考えとくー」

姉はすっかり元の調子を取り戻してくすくす笑ってて悪怯《わるび》れる気配がまったくない。九割九分平岡のせいなのだが平岡が俺に目をつけたのは姉が原因なのだからもうちょっと悪怯れろ、なんならもう一回洗脳されてこい、と思うのだが、前の姉が気持ち悪すぎたからまあこれでいいか、とも思う。

性格わりぃけど、これが俺の姉なのだ。

それから姉は「あんたの連れてきたあの相羽さんってさぁ、あれ男の子だよね？」と言う。げ。

「手見たときにさ、あ、あたしの好きな手だーと思ったんだよね。雄一に似てんなーって。それでよくよく見たら、あれー？　って思ったんだけど」

「あー……それには複雑な事情がありまして」

「母さんには？　あたしから言っとこっか？」

「いや、伏せといて。絶対やかましいから」

「わかった」

なんかの拍子にぽろっと漏らしそうでこわい。

というかそもそもこいつは約束を平気で破る女なのだ。

「これで貸し借りなしね？」

「貸し？」

なんかあったっけか。

いや。Switch は貸してるけど。

姉は短く舌打ちして不貞腐れた顔で「もうちょっと借りといてあげる。あー、あんたに借り作るなんて一生の不覚だわ……」と言った。


後日。山路教授が見舞いに来て「やあやあ大変な目にあったねえ」ににこにこして言う。

「教授って俺の相談受けたときどんな風に思ってました？」

「お小遣い稼げそう！」

だからときどき悪い顔してたわけね……。

それから教授はちょっと考えて「実働一日で三十五万、おいしいです！」と言った。

契約通りに会社から振り込まれた三百五十万の10％の三十五万は山路教授に振り込まれる。ああ、

「慰謝料の、十分の一」じゃなくて「会社から引っ張れた分の、十分の一」って言ってたのはこうなるのをある程度は想定してたのかな。

「まあまたなんかあったら相談してね！」

「相談するような内容が出てこないことを祈ってます」

「そりゃそうだ！」

それから新庄さんも来た。

仕事帰りだったらしくてぴっちりしたスーツにネクタイを締めて髪をきれいに梳かしている。平岡のスーツ姿を見たときに「なんか違うな」と思ったのだがまじものイケメンがちゃんとしたスーツを着こなしているのを見て「ああ、そうそうこれこれ」と思う。イケメン死すべし。

俺は左耳からイヤホンを外す。the pillows の『Funny Bunny』が漏れ聞こえてたから音を止める。

「姉に聞いたんすか？」

俺の入院を。

「うん」

微笑んで答えた新庄さんが見舞いに持ってきたフルーツセットの籠をサイドチェストに置く。丸椅子を引っ張り出して足を開いて座る。そういえば山路教授は見舞いの品とかなんも持ってこなかったな。

「結局俺のとこには頼りに来なかったね？」

事情はだいたい知ってるような口ぶりだった。姉が話したんだろう。

なんだかなーと思う。

「あんたさぁ、いまの彼女つまんないんだろ？」言う。

「だからワンチャン俺に姉との仲を取り持ってほしかったんっしょ？」

「さあねぇ。そうかもね」

「いまさらてめえの出る幕なんざねーんだよ。ばーか。手ぇ放したのを一生後悔してろ」

俺は左手の中指を立てた。右手はまだちゃんと動かない。

新庄さんは姉と似たような仕草でくすくす笑った。

「元気そうでよかったよ」

「バカヤロー。どこが元気そうなんだよ」

ミイラ男状態の俺は笑ったら全身が痛い。

「じゃあまた。由美のことは置いといて気が向いたら遊びに誘うよ。治ったら教えて」

「誰が教えるか、バーカ」

「the pillows は俺も好きなんだけどさ、そのうちライブ一緒に行かない？　奢《おご》るよ」

……若干心が揺らいだ。

くすくす笑ったまま新庄さんが出てった。

後ろ姿までかっこよくて死ねと思いました。


最後に相羽が来た。女装メイクの方の。

「……」

相羽は椅子出して座ったきり黙りこくっている。

「あー、あのー、ありがとよ」

まじでがちでおまえ来てくれないと死んでたっぽい。

こいつがギターケース振り上げて平岡に殴りかかってくれなかったら俺はお陀仏だった。

「はじめてさ」

「んあ?」

「体が男でよかったと思った」

ぽつりと言う。

まあたしかに女だったら平岡撃退するのは無理だったかもしれんな。

相羽がまた黙る。

仕方ねーから「親とその後どーだよ?」と訊いてみる。

「漫画喫茶とか転々としてたら、帰ってこいって。心配した、黙って出てくのはやめてほしいって言ってる。いまのところは小康状態」

それから「部屋片づけたよ」付け足す。

よかったな、で、いいんだろうか？

…………。

なんか空気が重い。

んーじゃあ、言うかな。

「あと、あー、あのときの返事だけどさ」

「言わなくていいよ」

「聞けよ」

相羽は小動物が肉食獣を目の前にしたときみたいなもうほんとうにどうしようもない場面を迎えてあとは死ぬしかないくらいのレベルの怯えた顔で俺を見る。ウケる。

「いいよ」

「え？」

「俺はおまえ嫌いじゃねーし、いいやつだと思うし、どっちかっていうとやっぱ好きだし。正直どこまでやれるかはわかんねーけどとりあえず一回付き合ってみてもいーんじゃねーかって。まあなんだ。ダメそうだったらそんときはそんときでまた考えようぜ」

相羽が俯く。ぼそぼそとちっさい声で「いつかは、離れ離れになるのかな」と言う。

「そりゃあな。大学から付き合ってそのままいくやつらなんてそんなにいねーだろ。姉も結婚するんだろーなと思ってたくらいのやつと別れたし」

「本谷の親、反対するかな」

「するだろーな。特に母親。考え方が保守的だし。騙されたーってぎゃあぎゃあ騒ぎそう。まあ最終的にはどうとでもなるんじゃねーか。そんな何もかも完璧じゃなくても、多少けちついても構わんだろ」

相羽が顔を上げた。泣き笑いするような表情で、堪えきれない、って感じで飛びついてきて俺に自分の唇を押しあてた。

舌入れてきやがった。

どんどんキミに似ていく

高校生の頃、一つ年上の雪川陽子《ゆきかわようこ》のことが好きだった。いまからすればなんでわざわざあんなとち狂った女を？　と思う。雪川はたしかに顔はよかった。切れ長の目。唇が薄くて。鼻筋が通っていた。自分はこの世界の女王で思い通りにならないことは何一つとしてなくすべての人間が自分の機嫌を取ることが当然だという顔をしていた。そのくせひどく脆くていっつも崖の上に立っていてほんのすこし背中を押したら真っ逆さまに落ちていきそうな危うさがあった。手首にはリストカットの痕が絶えなかった。男をとっかえひっかえしていた。顔目当てで雪川に近づいてきた男たちはすぐにヒステリーを起こす雪川の性格に耐えかねて三日で離れていった。同性の友達なんて当然いなかったし、ずっと近くにいたのは俺だけだった。高二の夏に雪川は消えた。夏休み中に学校の外で知り合った男についてどっかに行って帰ってこなかった。誰も、あいつの親ですら雪川を捜さなかった。

それから十六年が経って、あの頃の雪川より頭半分くらい背の低いミニチュア版の雪川がうちのアパートの玄関の外に立っていた。夕方の赤い光が子供の黄色い肌を染め上げている。流れ込んできた三月のまだ冷えた空気が俺を凍りつかせた。

「男じゃん。さいあく」

ミニ雪川が呆気《あっけ》に取られて棒立ちになった俺を押し退《の》けて玄関に上がり込む。靴を脱いで廊下を擦り抜けて部屋に入る。部屋を見渡してソファに座る。疲れてるらしくてヘドロみたいに全身から力を抜く。恋人がいたときに買った二人掛けにすこしあまるくらいのソファにそのまま横になる。

「誰だおまえ」

訊いてみる。中学校らしき制服を着たミニ雪川が緑のトートバッグの中から封筒を取り出して俺にズイと突き出す。意味わかんないまま白い手から受け取って、開ける。「ごめん。この子のことお願い。雪川陽子」それだけだった。いや、結局なんもわかんねーじゃねーか。

ミニ雪川に向けてなんか言おうとしたら、ミニはソファの上で船を漕いでいた。そのままかくんと落ちた。寝た。おい、初対面の男の家だぞ……？

どうする？　スマホを取り出す。一一〇を押しかける。警察、はこいつに事情を訊いてからでいいか？　迷った末に結局俺は番号を押さない。

いや、違うな。俺は雪川がこの十六年をどう生きてきたかを知りたいんだ。こいつを誰かに引き渡して雪川のことが訊けなくなるのが嫌なんだ。べつにまだ好きとかじゃねーのに。

客用の毛布を押し入れから引っ張り出して、ミニにかけてやる。それにしてもよく似てると顔をまじまじと見てしまい、あ、俺いまキモいなと思い直して寝室に移った。まあ気にはなる。変に浮ついた気持ちを抱えながら、スマホで「家出少女　保護」で検索をかける。出てきた内容は「未成年誘拐罪にあたる可能性があるのでさっさと警察に連絡しろ」だった。だよな。すこし話したら連れて行こう。YouTubeで動画を流して集中できないまま二時間ぐらい時間を潰してたら、リビングでガタガタ動く音がした。寝室から這《は》い出てミニを見る。ミニも寝ぼけ眼で俺を見る。無機質な視線。


「俺のことは知ってるのか？　陽子、さんに聞いてるとか」

「ママのストーカー。仁崎《にさき》」

ミニは妙に平坦な声を出す。

違う。

訂正するのがめんどくさい。

「おまえ、名前は？」

「おまえって言うな」

なんかこう、こいつイラっとくるな。

「そっちは、なんて名前だ」

「雪川」

「下は？」

ぷいと横を向く。

答える気がないらしい。

「腹減った」

叩き出すぞクソガキ。……まあいいか。「十分待ってろ」玄関からの廊下と一体化したキッチンで鍋に水を張って火にかける。レトルトのミートソースとカルボナーラ、パスタを引き出しから引っ張り出す。鍋にパスタを放り込んで、ソースを皿に移してレンジに放り込む。ゆで上がったパスタを皿に盛ってソースをかけてフォークとスプーンを添える。テーブルに置く。ミニが俺を窺う。

「あ？　いいぞ。食えよ」

態度からして出てきて当然とばかりにがっつくと思ってたが、許可を待ってたようだった。

「いただきます」

手を合わせて言ってから、逆手にフォークを握って食い始めた。フォークの使い方知らねーのか？　躾されている部分とされてない部分にひどくアンバランスな印象を受けた。スプーンは使わなかった。

「なんで俺のとこ来た？」

「ママが」むしゃむしゃ。「困ったらここに行けって言ってたから」

どうやって俺の現住所調べたんだあいつ。知り合いの伝手？　俺の住所を知っている高校の頃の友人のリストを頭の中で思い浮かべる。それはそう長いものではない。

「母親は？」

「二か月前に失踪した」

「父親は？」

「五歳ぐらいまではいた気がする」

「じーちゃんばーちゃんは」

「顔も知らない」

「どこ住んでた」

「東京」

……ここ大阪だぞ。

「家は」

「家賃の入金が止まって追い出された」

「どうやって来た」

「バス」

「どんな生活してた」

「仁崎の知ってるママはどんな生活してそうだった？」

五秒考えた。

「生活保護すら思いつかなくてキャバか風俗に勤めて体壊すか問題起こしてクビの繰り返し。たまに男を連れ込んで一か月で破局」

「正解。やるじゃん」

当てたくねーよ。知りたいと思っていた雪川の過ごした日々があんまりにも予想通りだったことに俺は笑ってしまう。静かな落胆があった。幸せに暮らしていてほしかった。

「電話かけてみるから番号を」

「ママの電話は引き落としができなくなって止まってる。私のも」

溜め息が出そうになる。

ミニは二人分作ったつもりだったパスタを平らげて「けぷっ」息を吐く。「ごちそうさま」それからもぞもぞともう一回横になった。「わたし、どこまで図々しくなっていい？」訊いてくる。無限に図々しかった雪川の姿が重なる。

「とりあえず明日の朝一でケーサツ。じゃないと俺が未成年略取で捕まりかねん。そのあとのことはそのあと」それから「好きにしろよ」付け足す。

「わかった」

毛布に潜り込んでミニが眠る。


仕事は半休を取った。当日に言うなと電話を取った最上《もがみ》がキレてたが子供がどうとかで同じことをよくやるおまえにキレる資格ねーだろと言い返しておいた。続けて警察にかける。「家出少女を拾った」と言うと、とりあえず最寄りの交番に連れてきてくれと言われた。

脇の駐車場に停めてある軽四の助手席にミニを座らせる。「貧乏くさい車」ミニが文句を言う。

雪川が時々捕まえる男はもうちょっとましな車に乗ってたんだろう。

交番のガラス扉を開ける。「すみませーん」中に向けて言う。小太りのおっさんが奥からのそのそ出てくる。

「はいはい、どうされました?」

「家出少女拾いました」

ミニをおっさんにゆるく突き出す。ミニが俺を睨む。

おっさんが怪訝《けげん》な視線を俺に向ける。それからメモ用紙を取る。

ミニに名前と生年月日、住所、電話番号、家族のこと、それから俺との関係を訊く。

ミニは俺には答えなかったくせにここではあっさり「雪川あい」だとフルネームを答える。五月五日生まれだと言う。なんで昨日は答えなかったんだよ? 住所を告げ、「止まってるけど」電話番号を言い、家族のことを話し、最後に「他人」ぶっきらぼうに俺を指さす。「この子の母親の古い友人です」俺が訂正する。一応、例の手紙を見せる。おっさんは興味がなさそうに一瞥してすぐにそれを俺に返す。

おっさんが試しに交番の固定電話から雪川の電話番号にかけるが、お客様のご都合によりおつなぎできませんという音声が流れるだけ。

「きみ、学校は」

「通ってない」

「不登校？」

「違う。高校に入らなかった」

高校に入らなかったって情報とさっき平成何年で言ってた生年月日を頭の中で西暦に直して俺はようやっとこいつが十五歳だと知る。雪川の失踪と妊娠はほぼ同時期だったらしい。年齢はもう一つか二つ下かと思っていた。実際の年齢より幼く見えるのは、まともなものを食ってなかったからだということをなんとなく見透かしてしまう。

家出の理由を訊かれてミニは母親が失踪し家賃の入金が止まって追い出されたという、うちに来たときと同じ説明を繰り返す。

おっさんが「母親の行方不明者届を出すか？」と言う。厳密には雪川の住んでた東京の住所の近くの警察署でしか出せないのだが、手続きだけしておいてあとで出し直すということができるらしい。ミニが頷く。行方不明者届に書かれていた薬物の使用の有無の欄にミニが自然に「有」と書いていたのが心の端っこを引っ掻いた。

「仁崎、スマホを寄越《よこ》せ」

あ？　なんだ。

渡してやると、俺の電話番号を行方不明届の連絡先のとこへ書いていた。ああ、そうか。自分のスマホが止まってんだもんな。

「昨日はどこに泊まったの？」

「こいつの家」

おっさんが微妙な視線で俺を見る。寝たのかと疑っているように見える。

俺も第三者ならそう考えるかもしれない。

「親族の方が来るまで時間がかかるんなら二、三日は警察の宿泊所で預かれると思うけど、そうするかい？　それかＮＰＯの児童保護施設もあるけれど」

おっさんはあくびをかみ殺していてやる気がなくて対応が面倒だと思っていることがありありと伝わってくる。ミニはハズレを引いたんじゃないかと思う。公務員だろうがやる気ないやつはたまにいる。雪川を捜してくれと訴えて〝ただの家出でしょ。すぐ戻ってくるよ〟と警官にあしらわれる高校生の頃の俺の姿がミニとダブる。

ミニが俺の袖を引く。

「こいつの家でいい」

「えぇ……？　困ったなぁ。犯罪に巻き込まれたときに責められるのこっちなんだよなぁ」

おっさんは嫌そうに俺をちらちら見る。

「あなたはそれでいいの？」

五秒考えた。

よくねーよ。と、べつにいい。が半々ぐらいでぶつかる。雪川が手に入る。あの頃どれだけ望んでも手に入らなかった雪川が俺の支配下にいる。それはたぶんミニを預かることでかかる面倒とか金の消費とかを上回るものを俺に与えてくれる。傷つけられた自尊心を満たしてくれる。無機質な生活になんらかの刺激を与えてくれる。それが善いものか悪いものかはべつとして。

「見捨てるな」

ミニが鋭く言った。

その声で、結論を出す。まあなんとかなるだろ。

「構いません」

「ああ、そう」

じゃあ名前と住所と連絡先書いて。と言うのでそれらを書く。

「わかってると思うけど親御さんに連絡がついたらそれまでだから」

頷く。雪川がこの子を捜してるなら、返してやりたい。

そうでなくても祖父母とかと連絡がついて三日もすればあっさり出て行くかもしれない。

でも予感があった。

きっと誰も迎えにこない。

だからミニはわざわざ東京から大阪まで長距離バスに揺られてやってきたのだ。

「はい、これで終わりね。あとは処理しとくから」

帰ってね。と、半ば追い出される。

こういう手続きってこんなあっさりしたもんなのかと思う。

交番出るときに丁度電話が鳴って、おっさんがミニが書いたメモをくしゃっと手の中で潰してポケットに突っ込んだのが目についた。ミニが落ちていた小石を蹴った。

「施設、嫌なのか?」

俺のとこのほうがましだと思うくらいには。

ミニがそっぽを向く。

「あいつら、嫌いだ。ママを責めるから」

……そうか。

ヒステリックに言い返す雪川の姿がおぼろげに浮かんでくる。「おまえらにわたしの何がわかる」金切り声。すこし可笑《おか》しかった。お互いに子供のために一生懸命なはずなのに決してわかりあえない雪川と施設の連中。


スーパーに寄って適当に食い物を買い、ミニを家に戻してから職場に向かった。合鍵を渡して、あと盗まれて困るようなものは見つけにくい場所に隠してある。

「にーさーきぃーさぁーん」

客のろくにこないドラッグストアで早朝から昼までの勤務だったのが残業を強いられた最上が俺の前で仁王立ちする。二十八にもなって『ちびまる子ちゃん』の丸尾くんみたいな眼鏡をかけて髪を後ろで括ってるださい女の最上がちらしを丸めて作った棒でデスクの前に座った俺の肩をべしべし叩く。休憩中の佐藤《さとう》（大学生でバイトの男）が物珍しそうにその様子を見ている。

「たまには許せよ。いつも融通利かせてやってるだろ」

「あたしゃ残業代より家族の時間が欲しいんすよ。結婚してない仁崎と違って家庭があるの」

俺も残業代が欲しいと思っておまえの穴埋めしてるわけじゃねーよ。「仁崎さんのために発注は残しておいてあげてますから、よろしくー！」最後に俺の頭をフルスイングでしばいて、最上が帰って行った。

「でも店長が遅れるの、ほんと珍しいですね。何かあったんですか」

「知り合いの子供が急に遊びにきて、いろいろな」

「ふうん」

納得した風ではなかったが俺と話すことで休憩時間を無駄にしたくなかったらしく、佐藤は啜《すす》りかけのカップ麺に戻る。俺は最上がわざと丸々やり残した発注の数字を打ち込む。あのやろ、覚えてろ。


仕事を終えて帰るとミニがソファに蹲っていた。昼間に買った総菜やら菓子パンがそのまま投げ出されている。ミニが目だけで俺を見上げる。「腹でも痛いのか」首を横に振る。「食べていい？」小さな声で言う。勝手に食えよ。と呆れながらそういう風に躾けられたから仕方ないのか？　とも思う。

「いいよ。食べろ。悪かったな。帰るの遅くなって」

ミニが頷く。起き上がって昼間にスーパーで買った焼き魚弁当を開ける。変な持ち方の箸で食べ始める。こいつ学校での昼飯とかどうしてたんだろう？　誰かと一緒だったら問題ないとかそんなだろうか。猛烈な勢いで食べ始めて焼き魚弁当はすぐに空になる。菓子パンに手を伸ばす。窺うように俺を見る。頷いてやる。「許可がないと食べにくいのか？」食いながらミニがこくこくと首を縦に振る。

電話とかＬＩＮＥで。と思ったがミニのスマホは止まってるしそもそも接客業だからどうしてもそういうのに出られないタイミングもある。どうしたもんだろうか。

「ルールとか決めといた方が楽だったりするか？」

ミニがすこし考えてから「わからない」と言う。

いっぺん試しに作ってみよう。

「朝の七時から九時。昼の十二時から十五時。夜の十九時から二十一時。この時間なら腹が減ったら俺に何も言わずに食っていい。どうしても食べていいか迷ったら俺に連絡する。これでどうだ？」

「……わかった」

躊躇《ためら》ってからミニが言う。

そこまで話してから俺はようやっともう一つ気づく。

ミニは昨日と同じ中学校の制服を着ている。荷物がトートバッグ一つ。

「服、持ってるか？」

「持ってきていない」

「なんで？」

「途中までは持っていたが重くて邪魔だったから駅に捨ててきた」

大胆すぎる。手荷物の中に下着だけは突っ込んできたらしい。

仕方なく自分の服の中からまだミニでも着れそうなものを見繕って渡して「着替えてこい。ああ、ついでに風呂も入れ」風呂場を指さす。ミニがとぼとぼ歩いて脱衣所のカーテンを閉める。

子供。という印象が増幅される。

自分の店で買った廃棄寸前の半額の蕎麦を啜る。顔が雪川なせいで認識がごちゃごちゃになるが、十五歳。俺が十五のときってどんなだったっけ。すげーバカだった気がする。あまり思い出したくはない。雪川が十五のときってどんなだったっけ。ああ、覚えてるよ。手首切ってばっかだった。

ミニの手首が白いことだけが救いに思える。食い終わった蕎麦の汁を流してプラスチック容器を捨てる。すこしして男物のぶかぶかの服を着たミニが出てきた。

「仁崎はこういうのが趣味なのか？」

「……」

ミニが首を傾《かし》げる。

カレシャツ。無機質な声でミニが言う。

それには答えずに「俺も風呂入ってくる」脱衣所に向かう。

制服（……と、下着）が脱ぎ捨ててある。「服、洗濯するけどいいか？」「わかった」返事があったので洗濯機に放り込んで溜まってたものと一緒に回す。洗いだしてから（年頃の子供の服っておっさんのとは別々に洗ってやった方がよかったんだろうか？）とか考えて、そこまで気を使ってやる必要はないか、とも思う。

風呂の中で疲れを溶かしてると、眠くなってきた。適当に髪と体を洗って、上がる。寝巻に着替えて部屋に戻る。ソファの上のミニが神妙な顔をしている。俺を見上げる。

「なぁ、仁崎」

なんだよ？

「教えてくれ。おまえはほんとうは私の父親なんじゃないか。だからママは私に仁崎のところへ行けと言ったんじゃないか」

切実な言葉だった。

俺は迷う。

父親だと言ってやればこいつは俺の手元に残る。ミニは内心を満足させ、俺に心を許し、甘えて、俺は昔、雪川によって傷つけられた自尊心を回復する。ミニは父親ができる、俺は傷を癒す。完璧なＷＩＮ‐ＷＩＮ。でも俺はそれが嘘だと知っている。俺の遺伝子からミニが産まれてくることがないことを知っている。その嘘はたぶん負担になっていつか俺を破壊する。

だから完璧な虚構を、俺はミニに与えてやれない。

「違う」

「どうして。確証はあるのか。ママは誰とでも」

そうだよ。雪川は誰とでも寝た。雪川を好きじゃないやつとでも、雪川が好きじゃないやつとでも寝た。俺の友達とだって寝た。先輩とだって寝ていた。あいつと寝たやつはたぶん両手の指の数じゃ全然足りない。雪川は必死だった。さみしさを。退屈を。空白を埋めようとして。雪川にとってセックスはそういう手段だった。誰かが自分を見てくれる。行為の最中だけは愛してくれる。受け止めてくれる。

でも。

「あいつは俺とだけは寝なかった。俺とあいつはセックスしなかったんだよ」

その理由は、俺があいつのことが好きだからだった。

「わたしはきみをかわいいと思うけど世界中の誰と寝たとしてもきみとだけは寝ない」

雪川は俺を嘲笑しながら言った。

たぶん雪川には誰かを踏みにじることが必要だったのだ。誰かがあいつのやることにいちいち傷ついて怒ってやらないといけなかったんだ。船が波に攫《さら》われていかないための錨《いかり》みたいに。あいつの感情の渦の底でぴったりとあいつを繋ぎ止めてやらないといけなかったんだ。けれどそんな愛し方を誰ができる。一般的には親がその役目を務めるんだろう。でも雪川の両親はそういうことができる人間ではなかったし、しようともしなかった。ゆらゆら揺れている雪川をそのままにして放っておいた。そして俺にはあいつの底の底できっちりあいつを繋ぎ止めてやることができなかった。自分は誰とでも寝るくせに俺が後輩の女と寝たと知って傷ついた顔をした雪川のことを誰が理解してやれる。見捨てられたと喚く雪川のことを誰がわかってやれる。

ミニの目元が歪んだ。口元が震えた。「あああわあああああ」叫んで、ドアに拳を叩きつけた。ソファを蹴っ飛ばした。テーブルの上に載ってたものを全部薙ぎ払って、テーブルをひっくり返した。ノートパソコンが床の上を跳ねた。テレビにリモコンを投げつけた。脱衣所のカーテンを引っぺがした。冷蔵庫を力いっぱいに撥ね開けた。跳ね返ってきた扉で肩を打つ。電子レンジを床に叩きつける。がしゃんと惨めな音を立てて耐熱ガラスが割れる。皿を落とす。壁を蹴る。頭を打ちつける。「は、は、は、ふ、は、ふ、は」八つ当たりできそうなものに一通りあたり終えて、荒い呼吸で埃まみれの床に倒れ込む。細かい硝子の破片がミニの頬を傷つける。全身が細かく震えている。血走った目で俺を睨みつける。涙を流す。なぜ嘘をついてくれなかったのか。全身全霊で俺を糾弾する。父親を求めて東京から大阪まで捨て身でやってきたミニが絶望する。

「座れ」

言ってみたが。「ああ、無理か」仕方ねーから俺がしゃがんでミニの視線に合わせる。手を近づけるとミニが震えた。べつにこわいことはしねーよ。ミニの頭をすこしだけ持ち上げて頬についた破片を落とす。頭の下から床の破片を払い退ける。ミニは俺の足首を掴んだ。がりがりと爪を立てて掻きむしる。血がにじんだ。させておこう。呼吸が落ち着いてくるとミニは卑屈な泣き笑いを浮かべて媚びた表情を作った。ミニは罰を待っていた。俺がミニを殴るのを。暴力が自分の身に降りかかることを喜んでいた。痛みとは関係性なのだ。ミニは俺との間にできる関係性を望んでいる。ほんとうは父親という関係性だったらもっとよかったんだろうけど。でも俺はミニがこれまで関わってきた男と違ってセックスも暴力すらもミニに与えてやれない。

「怒るなとは言わんが。モノを壊すな。モノにあたるな」

俺の口からミニの上に降ってきたのは言葉でしかなくてそんな弱いものじゃミニは何も感じなくて。

暴力を欲するミニの顔が濁る。

誘うような女の視線と媚びた笑みで暴力をねだる。

ミニが雪川と違って手首を切らない理由がなんとなくわかる。他人から手首の傷と同じものを与えられてきたからだ。手が近づくとピクッと固まるのはたぶんそれが原因。

「落ち着け。大丈夫だ。ここにいて大丈夫だし」おまえは、と言いかけておまえよばわりするなと言われたことを思い出す。「ミニは安全だ」ついそのまま口に出た。みに。ミニの唇だけが動いた。「ああ、すまん。名前言わなかったから心の中でミニって呼んでたんだよ。ミニチュア雪川で、ミニ」みに。ミニが繰り返す。「大丈夫だ。俺はミニと関係している。セックスでも暴力でもない」そして父性でもない。「関係もちゃんとあるんだ。ミニはここにいていいし、誰もミニを脅かさない。わがままだって言えよ。可能な範囲ならなんとかしてやるよ」どうして。父親じゃないのに。

声の出ないミニの呟き。

「わからない。でもそれでいいんだと思う」

手を差し出す。

ぶるぶると震えたミニの手がそれを掴む。

「ミニに一つ言っとくことがある」

なに。

「おまえ、って相手に言われたくないなら相手におまえと言うな。いいか？」

ミニが震えながらうなずく。

冷蔵庫は無事だったが電子レンジの耐熱ガラスは完全に無理で、リモコンが直撃したテレビは液晶が割れてて謎の線が縦横に走って見れたもんじゃなかった。元々ほとんどつけてなかったけどな。定期的に暴れられたら買い替えても消費のがデカくて持たないよなぁと半分思考を放り投げる。リサイクルショップで中古を見繕えばそんなに高くないものは手に入るが、それでもかなりの負担になる。あー、めんどくせ。

とりあえず飛び散ったガラスの破片だとかは掃除したが、掃除機のサイクロンが中でがりがりいっていた。壊れてませんよーに。

寝ているミニを横目に仕事に出る。

早朝。配送業者が持ってきてくれた日配《にっぱい》（プリンとか紙パックの飲み物、蕎麦やうどん等の冷蔵品）をパートのおばちゃんたちと捌《さば》く。ミニに引っ掻かれた足首が痛い。一区切りついたところで店が開いてようやく座れる。仕事の合間にミニに必要そうなものを書き出す。

その1。衣服。いつまでも俺の服を着せとくわけにもいかない。あの年頃ならそれなりにおしゃれだってしたいはずだ。というか顔が雪川なんだから着飾ったらそれなりの見た目になるに違いない。

その2。教育。中学卒業して高校に行かなかった。そういう子供はいまどき珍しくはないのかもしれないが、社会常識的には「高卒」は最低条件みたいに捉えられてる。高校浪人、は、あまり聞かない。ふつうは定時制高校か？　探してみるか。どういうとこがいいんだろう？

その3。家族。雪川を見つけてやれたら一番いい。……ほんとうか？　そうしたら雪川はまた手に負えないとミニを投げ出すんじゃないか。雪川にミニを押しつけるだけじゃなくて何か考えてやればいいのだが。雪川。おまえいまどこで何してるんだ？

その4。友達。これは、俺が心配することじゃないか。学校に行き始めたら自然にできるだろう。

……できるだろうか？

他にもまだまだあるのだろうがとりあえず思いついたのはこの四つだった。早急になんとかしないといけないのは衣服。人間は衣食が足りてから礼節を知るわけで極限状態じゃ何も身につかないのは道理で。ただミニに「金は出すから好きな服選んでいいぞ」って言って自発的に服を選べるとはいま一つ思えない。逆にシャネルとかグッチとか言いだして俺がパンクするかもしれない。ミニが何やるのかがいまひとつ想像がつかない。俺に女子の服を選ぶセンスがあるとも。

さっさと雪川か祖父母あたりの親戚が見つかって俺がこんなくだらねーことを考えてるのが無駄になればいいと思う。

そのうち昼が過ぎて出勤してきた最上が着替えたあとに「なぁーにサボってんっすかー」後ろに立って俺の手元を覗き込む。

俺は椅子から飛び上がりかける。最上がくすくす笑う。

「最上。明日の仕事終わったあと時間ある？　ちょっと付き合ってほしいんだが」

さっき勤務表を確かめたのだが俺が休みで最上が昼までだ。

「え？　デートのお誘い？　あたし既婚者ですよ。仁崎さん知ってますよね？」

最上はちょっと身を引く。

「そうじゃねーよ。知り合いの子供の女の子をちょいわけありで預かってて、必要なもの買うのに俺じゃわかんねーの。頼めないか？」

「んー。ちょい待ちで。いちおう旦那に相談」

スマホ取り出して電話をかける。「あ、よしくん。えっとねえ」だいたいの内容を話して「わかった！　ありがとう！　よしくん愛してる！」で終わって切る。……糖度の高いやつらだな。

「おっけーって。手伝ってやりますよ」

「すまん。助かる」

「お礼はゴディバでいいすよ」

俺は苦笑いする。

まあこっちの都合で付き合わせるんだし、機嫌を取っておくか。


仕事を終えて帰ってくる。俺の服を着たままのミニが「おかえりなさい」と言う。「おう。ただいま」ワイシャツを洗濯籠に放り込んでズボンを吊るす。スウェットに着替える。楽になった。

「ミニ、明日の昼から服買いに行こうと思うんだが、いいか？」

「服？」

すこし考えてからミニが「いいよ」と言う。

昨日買ってきた食材の中から適当に飯作って食う。久々すぎて塩加減間違えたらしい。「不味《まず》い」

ミニが笑いながら文句を言う。俺はちゃんとした箸の使い方を教えてみる。ミニが顔を顰《しか》めてやりづらそうにする。「そのうち食いやすくなるから練習してみ」言ってみたが、内心では結構どうでもよかった。少なくとも俺の前で飯食ってる分には。でもたぶん中学とかでこういう部分でからかわれたりすることがあったんじゃないかと想像して、わざわざそんな直しやすい部分で苦労しなくていいんじゃないかと思う。

で、夜になって俺は寝室で。ミニはソファで寝る。

夢を見たが、目を覚ましたときには忘れていた。居間でごそごそ動いてる気配がする。午前二時。薄くドアを開けて覗いてみると、居間の電気はついていなかったが脱衣所の灯りがついている。すんすん洟《はな》を啜ってる音が聞こえる。泣いてる。行ってやるべきか迷う。小学生じゃないんだし助けが必要なら俺を呼ぶだろうと思い、ベッドに戻る。男で他人の俺には見られたくない、気を使われたくない類のことだろうと勘が言っていた。

しばらくして洗濯機が回りだす。

俺は寝直す。

翌朝になって何があったのかなんとなく悟る。洗ってたのは毛布と寝巻の下で、生理とかそのへんだろう。自分で処理できることなら放っておけばいい。助けてやりたいと思ってしまうのはたぶん過保護だ。

食パンとベーコンと卵を焼いて朝飯を食って昼にミニを着替えさせて軽四で最上を迎えに行く。

そういや平日の昼間に制服だと補導されるんじゃないかみたいなことをちらっと思ったが、警察も用事がないのに洋服店うろうろしてるほどひまじゃないか。

仕事を終えてドラッグストアから出てきた最上が助手席に乗り込んで後ろのミニを見つける。目を輝かせる。「ふおお！　美少女！　これ好きにしていいんすか！　いいんすか！」「言い方ー」俺が呆れて、ミニはどん引いている。

「あ、あたし、仁崎の同僚の最上です。もがみんって呼んでもいいですよ」

「おまえのキャラ、二十八にしてはきついんだよ……」

「はぁ？」

最上が俺の肩をぺちぺち叩く。

「仁崎のキャラも充分きついですよ」

……え？

雑談もそこそこにアクセルを踏み込んで車を走らせる。

「どこ行くつもりなんですか？」

「しまむらかユニクロか」

「えー。そんなんダメです。モール行きましょうよ。量販店で済ませるなんて仁崎は愛なさすぎ！」

「んな予算はねーよ。と思いながら「モール！　モール！」車内で連呼する最上がうるさくて「わかったよ……」押し切られる形でちょっと離れてて駅の近くにあるデカいショッピングモールに車を向かわせる。立体駐車場に車を止める。うきうきでミニに話しかけている最上の方がミニよりも全然楽しそうで何しに来たのかわからなくなる。「ねえ、あいちゃん。映画も見たくない？」ミニが困っている。俺を見る。なんだよ。「見に行くか？　いま何やってるのか知らねーけど」「あたしあれ見たいっす。ウルトラマン！」とっくに終わってるっての。最上階にある映画館にある上映スケジュールを見たら仮面ライダーならやっていた。

「見ましょうよ、仁崎の奢《おご》りで！」

最上がミニの手を引く。

「見るか？　こいつのリクエストは無視していいぞ」

ミニに訊いてみると、躊躇いがちに頷いたからチケットを三枚買う。

上映までに三十分くらい時間があったから先に服を見る。そんなに時間がかからないだろうと思ってたら最上があれもこれもと試着に持ってきてミニが翻弄《ほんろう》されている間にあっという間に時間が溶けて結局何も買えないまま、上映ぎりぎりのタイミングで映画館に滑り込む。

「仁崎がぼさっとしてるから！」

最上がぼやく。

確実におまえのせいだ。

いざ映画が始まってみたら最上が「うお！　スプラッタ」小声で言ってときどき目を背けていた。

逆にミニは怪人から血が飛び散る度に楽しそうにグッと拳を握る。意外とグロが好きらしい。そして最上はグロが苦手らしい。俺は殺陣《たて》のシーンがわりといいなと思った。ミニはふつうに座るのが落ち着かないらしくて靴を脱いで膝を抱えて見ていた。

映画が終わってトイレ行ったあとに改めて服を見に行く。

ぐったりしてた最上がすぐに回復して「ええっとー、かわいいのとー、かわいいのとー、あとかわいいのとー」あっちこっちから服を持ってきてはミニを着せ替え人形にしている。「ねえ。仁崎はこれどう思います？」シャッとカーテンを開けて試着室のミニを俺に見せる。肩と背中を大胆に露出した黒のワンピース。あほか。「真面目にやれ」「えー？　かわいくないすか」突然カーテンを開かれたミニが驚いて固まっている。未成年に着せる服じゃねーだろうが、ボケナス。

露出の多いのを却下しまくって無難なのを何枚か選ばせて、「これでいいか？」とミニに確認を取ったらミニが「これも欲しい。……かも」とさっきの肩と背中が開いたワンピースを持ち出してくる。本気で言ってんのかおまえ。値札を見ると三万五千円。俺の着てるやつ千九百八十円だぞバカやろう。

似たデザインのもうちょっと露出がましで値段も二回り安いやつをどうにか見つけてきてそっちにさせる。典型的な「最初に厳しめの条件を出して断らせてから妥協案を出す」交渉法をやられたんじゃないかと、普段着用の安物のシャツとかズボンとか下着とか全部こみこみで合計四万八千円をクレジットカードで払ってる途中で思う。〝ドア・イン・ザ・フェイス〟だっけ？　ミニ自身よりも最上の方が不満そうに唇を尖《とが》らせて「この甲斐性なし！」とか罵ってきた。「甲斐性なし」ミニが追随《ついずい》する。返品するぞ、こら。

その他に必要そうな雑貨だとか生理用品だとかを見繕う。

その手の店を覗きながら歩いてる途中で携帯ショップを見つける。そういやミニのスマホは止まったままだ。

「ミニ、スマホのキャリアなんだ？」

「ワイモバイル」

丁度そこのショップがあったので話を聞きにいく。愛想のいい若い女の店員が対応してくれる。

ミニのスマホの名義は雪川のもので原則として名義人でなければ契約の変更はできないのだそうだ。

支払いを俺の口座に変えることもできないと言われる。

仕方ねーから俺の名義で違うスマホを一台契約して、ミニに渡す。

無料通話もろくについてない一番安いプランで。

「いいのか？」

「ないと不便だろ」

電話番号を登録し合う。

ついでに最上とも交換していた。

「仁崎が変なことしてきたらすぐチクるように」

ああ、うん、そうだな。失礼なんだよ、おまえ。まあミニにとっても俺以外の逃げ込み先があるのは悪いことじゃないだろう。

だいたいの用事が片づいたから一階にあるフードコートで飯食ってから帰るって提案をすると最上が「さんせー！」と言う。いや、おまえは自分で払え。と思ったが付き合わせてるんだから今日は払っておくか。

エスカレーターを降りてフードコートを見渡して俺がステーキ丼を頼むとミニもそれを真似する。最上はべつのとこで蕎麦を注文した。ダイエット中！ とのこと。

「ねえねえ」

ステーキ丼の完成を待ってる俺の袖を最上が引く。ミニは席取り。

「ノリノリで選んどいてなんですけど、親戚かなんかの子が遊びに来てるだけなんですよね？ 仁崎さん、払いすぎじゃないですか？」

最上がミニに聞こえないように小声で訊いてくる。

「長引いたら最悪年単位で預かることになるかもしれん」

「へ？ 大丈夫なんすか、それ」

最上の眉間に皺《しわ》が寄る。

「大丈夫じゃないから困っておまえに相談したんだよ」

「……細かいことはまた時間あるときに聞きます」

ちらりとミニを見て、訳ありなのを悟ってかとりあえず一旦引いてくれた。

「そうしてくれ。悪い」

頷いて、蕎麦持った最上がミニの向かいに座って陽気な調子で俺の悪口を吹き込んでいる。あのやろ。俺は出来上がったステーキ丼を二つ持ってミニの隣に座る。最上がミニの箸の持ち方に一瞬怪訝な目になってすぐにその色を消す。

華奢《きゃしゃ》な見た目のわりにはミニは肉食派らしい。俺より早く肉を食い終わって食い足りなさそうにしてたから、俺の丼から二枚分けてやる。真相はおっさんには脂身がきつかったからだが。

「お、あたしにもくださいよ」

「ダイエット大変だな」

「大変だな！」

ミニが俺に追随して、最上が「ぐぬぬー」と唸っていた。

最上が住んでるぼろくてデカいマンションに送り届けてから、うちに帰った。

降りる前にミニが「仁崎」後部座席から俺を呼んだ。

「なんだ？」

「今日は楽しかった。ありがとう」

そうか。

そりゃ何よりだ。

ミニに俺がいない間は何やってるのか訊いてみると、散歩してたりYouTube見てたりらしい。

あんまり健康的な時間の潰し方とは言えない気がするがじゃあ代替手段を提案できるかと言われるとできない。とりあえずパソコン開いて契約してるネトフリで月額払ってる分で見れる範囲の映画は好きに見ていいと言ってみる。ざっとどんなのがあるか紹介してやると、スプラッタ系のホラー映画に興味を示していた。やっぱりグロいのが好きらしい。それからそもそも金がないから何もできないんだろ、というのがいまさら思い浮かんで五千円握らせる。

「月に五千円で足りるか？」

「足りない、もっと寄越せ」

あんまり率直な物言いにちょっと笑ってしまう。

「まあなくなったら相談しろ」

「ちっ。ドケチめ」

おまえなぁ。俺が呆れてるとミニは呟くようにこそっと「ありがと」短く言った。

ついで。

「ここ、二部屋しかないが俺が通るの嫌じゃないか？」

もしも嫌だと言われても解決の方法は難しいのだが。

ミニはすこし考えたあとで「あまり」と言った。

「仁崎だとそんなに気にならない。仁崎は音がしないから。それに夜中はあまりこっちに入らないようにしてくれているようだし」

多少気をまわしていることを見抜かれていて若干バツが悪い。

ミニは左上を見た。おもむろに言った。

「言い方を変えよう。仁崎は影が薄いから大丈夫だ」

おい、なんで言い直した？

……まあいいや。本題。

「学校、行かないか？」

ずっと訊かないといけないなと思っていた。

「あまり行きたくない」

ミニが硬い声で答える。

「なんで」

「みんなが私をバカにするから」

片親。箸の持ち方が変。勉強もできる方ではなさそう。

たしかにバカにされる要素はてんこ盛りか。

子供は残酷だ。場合によっては大人たちよりよっぽど。ちょっとでも自分たちと違ってて叩ける要素のあるやつには容赦しない。べつにそんなに変わったことでもないのに。

一応、高卒資格の必要性とか説いてみたがミニはいまひとつピンと来てなさそうだった。まあ簡単に調べてみたところ住所を移さないとこっちの学校には通えなさそうだし、そもそも入学が来年の四月にならないとできないようなので十一月の入学説明会までになんとか説得して必要な要素を揃えとけばいい。粘り強くいこう。

ミニが俺を見た。

じーっと見続けてくる。

「なんだよ」

「仁崎は」

言いかけてからちょっと首を傾げる。

言うか迷ってから、結局口を開く。

「ホモなのか？」

「違う」

何言うのかと思ったらそれかよ。

「若い女と一緒に過ごして手を出してこないというのはそういうことではないのか」

「そういうことではない場合もあるだろ、たぶん」

「そういうことではなくはないことの方が多いのではないか？」

経験に照らして言ってるのだろうか？

雪川が連れてきた男がミニにしていたこと。

「違う。私に経験はない」

先回りして否定してくる。

「逃げたから」

暗い顔をする。

「なんも言ってねーだろ」

俺が言うと、ミニが頷く。

「ミニが嫌がるようなことは、」俺はすこし考える。「極力しない」

「なんだその含みのある言い方は」

「脱いだ服は籠の中に入れろ。食器は流しにつけろ。夜中にヘッドフォンを貫通するような大音量で動画を流すな、耳が悪くなるし俺が寝れん。箸やフォークの持ち方は早めに矯正《きょうせい》しろ。笑われたくないだろ。学校は行った方がいい。いろんな考え方があるが俺は行かせたいと思ってる」

「ぐっ」

「まあ大丈夫だ」

他人だから、と言いかけてその冷酷な響きに言葉を選ぶ。

「俺とミニだからできることもあると思う。ゆっくり慣らしていこう。全部俺の言う通りにする必要もないしな」

「わかった」


「んで、あの子なんなんすか？」

仕事場で一応取り寄せてみた定時制高校の資料とにらめっこしてると、最上がそれを覗き込んで、訊いてくる。高校時代の友人の子供だと答える。父親は行方不明で母親が失踪してじいさんばあさんには会ったこともなくて俺を訪ねてきたのだと。

「お母さんとは頻繁に連絡取り合ってたんですか？　あいちゃんとはもっと小さいときに会ったことあるとか？」

最上が怪訝な顔をする。

「いや、雪川とは高校のときから会ってない。連絡も取ってない。あの子とはうち来たときにはじめて会ったよ」

答える。

最上は「かんっっっぜんに他人じゃないですか」と呆れてた。まあその通りだ。

ああ、そうだ。最上に通販で買ったゴディバのチョコレートとクッキーの詰め合わせを渡す。ちょっとしか入ってないのに三千三百円した。ミニの小遣いの66％。バカじゃねーの。と思った。

「うおぅ。冗談だったのに！」

「ああ、冗談だったのか。じゃあ俺が食うわ」

取り上げてみようとしたら、しがみついて離さない。俺の手からもぎ取る。

なんならその場で包装を開けてクッキーをもそもそ食い始める。

「あの子、結構やばいですよね」

食いながら言う。「うまうまー」目の前で言わなかったのは気を使ってたらしい。

「わかるもんなのか」

「そりゃあね」

箸の持ち方とか映画見てるときの細かい振る舞いのことを言ってるのだろう。

「つーかそういうのって児相行きの案件じゃないんですか？　警察行ったりしました？」

「ああ、警察には連れてったよ」

児童相談所か。そういやその通りだ。

まあ児相は警察と連携してるはずで警察の方に連絡先は伝えてあるんだからなんかあれば向こうから連絡が来るだろう。待ってりゃいい。

「これはただの忠告ですけど、あの手のメンタル不安定そうな子を抱え込んでどうにかするってかなり難易度高いですよ。あんま思わせぶりな態度取らずにどっかで手を離しちゃうべきだと思いますけど」

「おう、わかった。ありがとう」

　手遅れだ。俺はもう思わせぶりな態度を取ってミニを抱え込んでしまった。いまさらあいつを放り出す気にはなれない。あいつが出て行くことを望むならともかく。

　俺とミニの関係が終わることがあるならば俺がミニを捨てるときじゃない。ミニがろくでもない男にひっかかって俺を見捨てて出て行くのだ。

　そのときのことを想像する。俺を嘲笑する雪川の顔を思い描く。

「全然わかってないって顔してますねえ」

　最上が溜め息をつく。

「心配してくれてるのか」

「いいえ。しわ寄せ来たらヤだなぁって。仁崎さんが新聞に載るようなことあったらあたしは〝あいつはいつかやると思ってたー〟って言いますからね？　ずっこんばっこんやるのは自由ですけど、周りの人にバレないよーに。仁崎さんとこ壁薄そーだし」

「してねーよ……」

　最上が、え？　みたいな顔になる。

「パパ活の一環的なやつじゃ？」

「ないよ。ほんとにただ預かってるだけ」

「仁崎さんになんのメリットが？」

「特になし」

「まじで？」

「まじで」

ほんとうはある。雪川を支配している。あの頃に手に入らなかった雪川が俺の手の中にいる。いまのところべつに何をするわけでもないが。ただあいつの生き死にを俺が握っている。その感触が心地よかった。

ほえー、と最上がよくわからない声を出す。

「物好きっすねえ」

「じゃなくて、おまえは仕事しろ」

「ほーい」


一か月ほどミニと一緒に暮らして（ミニは三回暴れた。皿が四枚とティーカップと本棚が壊れた。テレビの液晶が完全崩壊した。床に叩きつけられた炊飯器を元の場所に戻しながら炊飯器って頑丈なんだなと思う。メーカーに感謝する。隣室の中年男が文句を言いに来た。すみませんとへらへら謝っておいた）いて気づいたのだが、ミニが夜中に洟を啜ってるのはどうも生理関連ではないらしい。ある程度期間が経っても収まらなくてたまに発生した。たぶんだけど、夜尿の類。

十五歳。ふつうはおねしょなんかとっくに卒業してるもののはずだ。

それがあの年齢でまだ漏らしてるってのは。

「ストレスだよなぁ」

何がそのストレスの原因なのか。考え始めてちょっと笑ってしまう。何もかもだ。生活環境が変わったこと。中学を卒業して高校に入らなくて社会的な居場所を失ったこと。母親に会えないこと。よく知らないおっさんが近くで生活していること。今後の見通しが立たないこと。俺がミニを殴らないこと。とにかく何もかも。

ミニが知られたくないと思っている以上、俺がしてやれることは特にないので替えの毛布だけ用意しておく。一度、最上に相談したら「一緒に寝てあげたら？」とどう考えてもダメな類のアドバイスをしてきやがった。「や、冗談じゃなくて。さみしいんだと思うんすよ。で、一緒に住んでて出て行かないってことは仁崎さんのことべつに悪く思ってるわけじゃないんでしょ」とのこと。却下。

ミニは最近映画ばっかり見ている。俺が帰ってくるとパソコンから顔を上げる。画面の中では大抵ゾンビに食われたりチェーンソーで解体されたりする人間が映っている。今日見てるのはサメ映画らしい。ミニは映画を止めて飯をねだる。一度参考書を買ってきて宿題を与えてみたが「わかんなかった」と放り出されていた。勉強方面に興味はなさそうだし、俺も人に教えてやれるほどの教養はない。買い与えた参考書をすこし捲ってみたら因数分解のやり方をほとんど忘却している自分に驚く。受験のときにくそほどやったはずなのに。

まあなんにも興味がないよりは何かしらに興味がある方がずっといい。

飯を食い終わったミニが映画に戻る。

「これは」

ミニがどうみても淡水の湖のほとりになぜか現れたサメが人間を食い殺しているB級映画の一シーンを指さす。

「どうやって撮ってるんだ?」

CGだろうと思うのだが俺も詳しいことはわからない。

そう言うと「ふーん」溢《こぼ》してミニは画面に戻る。

ちょいちょいと俺を手招きする。俺はソファに並んで座ってノートパソコンの小さい画面で日光浴オンザレイクしているパリピがサメに食い散らかされているのを見る。どこからどうみても低予算の映画で俺はまったくおもしろいと思わなかったのだが、ミニはきゃっきゃと笑いながら水着姿の金髪の白人女が湖の底に引きずり込まれて血だけが水面に浮かんでくる演出を眺めている。

最終的に水中深くに巨大な爆弾を沈めて爆発させてその衝撃でサメを全滅させた、と思ったら爆発で跳ね上がった一匹のサメがべつの川に落下して泳ぎ始めてカメラいっぱいにサメの鼻先がアップになって大口開けたところで映画が終わる。

「おもしろかった」

ミニが言う。次の映画を探し始める。

べつのサメ映画にマウスポインターを合わせる。

「仁崎も見るよな？」

「や、仕事だから寝る」

俺があくびをすると、ミニはつまらなさそうにそのサメ映画を再生し始めた。

ジブリとか見たことがないらしくて前に一度薦《すす》めてみたのだが、あまりピンとこなかったようだ。ある程度見てすぐに閉じてホラー映画に戻っていた。まあ好きなもの見りゃあいい。人間が食い散らされているところに多大な興味を寄せてるのはちょっとどうかと思わなくもないが、世の中にはそういう人間がわりとたくさんいてだからこそあの手のサメ映画が結構人気があったりするのだろう。俺は映画だと『ショーシャンクの空に』とかが好きなのだがミニに薦めてもあんまり芳しくなさそうだ。

寝ると、夢を見た。クソ男がミニの手を引いてどこかに連れ去ろうとする。俺はそれを途中まで黙って見ているが、だんだんその男が憎らしくなってくる。そして俺はサメになる。男を食い殺す。ミニは男の血に染まる。そこで止まったらまだよかったのだが血の匂いに興奮した俺はミニが美味そうに見えてくる。怯えるミニに向けて、大口を開く。身を守ろうと俺の前に壁を作ろうとしたミニの腕に食らいつく。ミニの肉は美味い。もっと食いたくなる。そのあたりで目が覚める。あまり寝れなかった。

実際にミニを連れていく男が現れたときに俺はその男を食い殺すのだろうか。そしてそのことでミニを不幸にするのだろうか。ミニもまた食い殺すのだろうか。どうだろう。ただどっちでもいいと思う。破滅するときは盛大に破滅したい。べつに生きることにさほど執着がないんだなと自分のことを考える。日々に楽しみとか見出してないし、仕事して飯食って寝るだけの、だらだらした生活をしていた。どうすれば幸せになれるかわからなかった。女を探して振り回されたり拒絶されたりしたりで感情を動かすのが面倒だった。

ミニが来て、日々が動き始めた。色づき始めた。めんどくさい。でも世話を焼くことを楽しんでいる自分もいる。ただそのうちいつかこの日々は終わる。ミニがろくでもない男について行って俺の元を出て行くときに。単純なことに気づく。俺はこの日々をもっと喜んでいたいと思っている。物を壊すのは勘弁だがミニがいてくれて楽しいと思っている。幸福を感じている。幸福を感じていないふりをしているのは、ミニがいなくなったときに落胆しないため。高いところから叩きつけられた方が派手に壊れるから。俺が傷つきたくないからだ。

居間への扉をノックしてから、開ける。

ミニはまだ映画を見ていた。「起きちまった」俺はパソコンの画面を指さす。「隣で見ていいか？」ミニが自分の隣を叩く。おいで、と言われたらしくて子供扱いされてるような妙な気分になる。ソファに並んで、ゾンビ映画を見る。ショッピングモールに閉じ込められた男女が内輪揉めを始めている。俺の肩にミニが寄りかかる。眠そうに。幸せそうに目を擦る。

「仁崎」

「なんだ」

「私、これ撮ってみたい」

「そうか」

「どうすればいいだろう」

「調べといてやるよ」

俺の現住所を知っている高校の頃の友人に雪川のことに関する情報を募っていたのだが、芳しい結果は出てこない。結局どうしようもない男について行って東京で暮らしていた、以上のことは何もわからなかった。「会おう」と言ってきたやつがいた（辻林雄太《つじばやしゆうた》。弁護士。雪川とヤッてた）のだが俺はそいつのことがあまり好きではなかったので返事を保留する。

仕事の合間にスマホを開く。

調べると映像関連の専門学校がいくつか見つかる。が、あたりまえだが入学には要・高卒資格。厳密に言えば映像の「専門スクール」とやらで高校卒業していなくても入れるところはあるらしいのだがすこし調べただけでもいい噂がまったく出てこなかったのでこれはたぶんやめた方がいいのだろうなと思う。

ミニを高校に入れる必要がある。入れないとしても高校卒業認定試験に受からせるようにしてやらないといけない。住所すらこっちじゃない中ではちょっと難しい。さっさと祖父母とかが出てくりゃいいのだが警察から未だ連絡はない。

手続きのことは一旦置いておく。

資料を取り寄せた定時制高校以外の選択肢として、通信制高校というものもあったがトップページに出てきたものがひたすら定時制高校をディスっているというゴミみたいな内容だったのでやはりろくなものではないような気がして除外した。

いろいろ調べていく中でフリースクールというものが出てくる。不登校の子供の支援。やることは団体によってまちまち。勉強を教えてくれる場所もあればそうでない場所もある。教えてくれる場所でもそう高いレベルではない。料金はだいたい月額で三万から五万。内容のレベルが低いわりに金額は公立高校とあまり変わらない。公的な施設ではないから親でなくても手続きができる。

改めて学校という場所がかなりの額の金で維持されているものなのだということを思い知る。資格を持った教師が一教科ずつ張りついて教えてくれる。教師一人で三十人とか相手にするから充分なサポートではなくて取りこぼす生徒も出るのかもしれないが、全体の水準の引き上げとしてはやっぱり大きな役割を担ってるんだろう。自分が学生だった頃はそんなこと考えもしなかったが。

どのみち定時制高校の入学は来年の四月で、説明会やらの手続きが始まるのは十一月から。このまま雪川が見つからずに父や祖父母も現れなかったら、親権のない俺には入学のための手続きができないわけでそれまでの繋ぎとしてフリースクールを考えてみようかと思う。それからこんなことを真剣に考えている自分にすこし笑ってしまう。

映画が撮りたい、なんてのはあの年頃の子供が「そのための実際的な努力はしたくないがなんとなく見栄えがよくてかっこいいからこれになりたい」と言い出すものの典型なんじゃないか？　実際に映画を撮ってる連中の苦労なんてミニはろくに知りもしないだろうし。たまたま目についたものがおもしろそうだったから言っただけ。俺が一人で空回ってるだけ。実際に場を整えて入学金を払ってやったらすぐに行かなくなって授業料だけがまるで無駄になる。そういう場所に過ぎないんじゃないか。

それでもいい気がするから、俺はもうミニにすっかりハマってるんだと思う。

就職から十年かけてろくに使い道が思いつかなくて勝手に貯まっていた貯金を映画の専門学校の年間で百五十万だかなんだかの授業料に突っ込むことなんて大したことではないような気がしている。まあ映像の専門学校に進まなかったにしても高卒資格はあって困るものじゃないはずだ。とりあえず高校卒業までは行かせてやりたい。

単純なことに気づく。

映画ってのはつまるところたくさんの動画を切り貼りしてうまいこと見せたもので、動画なんてのは質に拘らなけりゃいまどきスマホ一つで撮れる。パソコンに取り込めば切り貼りできる。ミニがほんとうに撮りたいものがあってモチベーションがあるのなら現状でも何かしらできるんじゃないだろうか。

仕事が終わって帰ってみると、ミニがキッチンで半泣きで座り込んでいた。焦げ臭い匂いがする。どうやら料理に失敗したらしい。豚肉と切り方がめちゃくちゃな野菜がフライパンの上で黒焦げになっていた。

「仁崎がいつも。簡単そうにやるから。できると思って。帰ってきたら。一緒に食べようと。思って」

ミニが洟を啜りながら言い訳する。俺は大笑いしてしまう。そうか、作ってくれようとしたのか。ありがとな。

包丁使ったり火を使ったりで怪我しなかったかとミニの手と腕を見たがどうやら大丈夫そうだ。

「最初は一緒にやろうか」

ミニに包丁と火の使い方を教える。添えた左手は猫の手みたいにして指を出さないこと。切るときは体重をまっすぐかけるのではなくて前に押し込むようにする。強火、中火、弱火の加減。だいたい鍋底に火先があたるのがどれくらいかで、底よりも大きい火が強火で丁度ぐらいで中火、中心だけにあたってる状態が弱火。教えてやるとミニはふんふん頷いている。試しにみそ汁の製作を、教えながら任せてみる。俺は米を炊いて、魚の干物を焼く。もう片方の空いてるコンロで卵焼きを作る。冷蔵庫から漬物を引っ張り出す。

そんなに凝ったものでなければ元々作れたのだが一人だった頃は面倒くさくて店の廃棄寸前の蕎麦とか菓子パンとかで飯を済ませていた。ミニが来たことで食うものがマシになった。これも変化の一つ。ミニは野菜を切るのに大分手古摺《てこず》って形は歪《いびつ》だったが、人参と大根は火を入れる前に入れて沸騰させてから玉ねぎと揚げを入れて煮立たせて一旦火を止めて顆粒《かりゅう》出汁と味噌を弱火で溶かしてちゃんとみそ汁が出来上がる。食う。

「うん、美味い」

褒めてやる。

ミニの箸の使い方はまだまだヘタクソでぽろぽろ溢すのだがかなりマシになってきた。食べながらスマホで動画を撮ってみたらどうかという話をする。「あ、そうか。撮れるのか」単純すぎてミニも逆に気づかなかったらしい。食べ終わったあとに何やら考え始めて玄関に立って唸っていた。

「仁崎、大変なことに気づいた」

「なんだ」

「私が撮ると、私を撮れない」

そりゃそうだ。というわけで、俺はスマホを持たされる。「構えて、じっとしててくれ」言われて、動画撮影機能を構えて玄関に立ってミニの合図を待つ。ミニは一旦外に出る。「いいぞ」ドア越しに合図が来たので撮影を始める。ピンポーン。ミニがベルを鳴らす。俺の返事を待たずに勝手にドアを開ける。それから俺を見て、顔を顰める。「男じゃん。さいあく」と言う。

俺の横をすり抜ける。「ストップ」声がかかって俺は録画を停止する。

「撮れてる？」

二人で動画を見返す。「オトコジャン。サイアク」動画の中の自分を見てミニが「大根演技っ！」爆笑する。

ミニはどうやら自分がここに来てからのことを再現したいらしい。いくつか動画を撮り終えて、フリーの動画編集ソフトをダウンロードして、しばらくいじっていた。

「大変だ、仁崎。使い方がわからない」

ミニが言う。

いや、俺にもわかんねーよ。


ミニをフリースクールに連れて行く。

だいぶダダをこねてグズって行きたくないと喚いてたが「映画作りたいんならこれが最短ルート」ってのを込みで説得したら俺を睨みながらも渋々軽四の助手席に乗り込んだ。いい子だ。ぶーぶー文句を垂れるミニの小言をＢＧＭにしながら（俺が笑ってたらミニはさらに怒った。俺の肩をばしばし叩いた。運転中はやめろ）カーナビに従って「晴風《せいふう》学園」という看板を掲げた街中にあるごくごくふつうの四角い建物の脇にある駐車場に軽四を停める。窓口の事務員さんに「体験入学の予約をした仁崎徹《とおる》です」挨拶をしたら取り次いでくれて先生らしき眼鏡の女性が出てくる。

「田島桃子《たじまももこ》です。よろしくお願いします」

ぺこりと頭を下げられる。

「仁崎です。よろしくお願いします」

俺はミニの背中を軽く叩いて自己紹介を促す。

「……雪川あいです」

ミニが不満そうに唇を尖らせながら言う。

田島先生がミニを教室に連れていく。

教室には机が並んでいて数人の生徒が雑談している。数えてみたら男が六人。女が四人。人数が少ない以外はふつうの学校の教室とそう変わらないように見える。フリースクールってのは教育方針がまちまちで場所によっては生徒が何してても構わないってところもあるらしいのだが、晴風学園は午前中を授業のための時間に取って中学レベルの勉強ならちゃんと面倒を見てくれるとホームページに書いてあった。

田島先生が雑談を一旦やめさせてミニの紹介をする。「ゆきかわあいです」緊張して声が小さくなったミニが生徒に向かってぼそぼそ言う。俺んちに来たときのあの図太さはどこへやら。「義務だから仕方なく」って感じの拍手とともにミニは迎えられる。ミニがちらちらと俺を見る。ビビっている。おもしろい。

ボブカットの女の子の隣にミニの席が割りあてられて、その子と話し始めて、はじめはくっそ無愛想にこわがりながらその子からの質問に答えていたミニの口元がすぐにほころび始める。あぁ、おまえ、大丈夫なんだな。と俺は思う。ミニは俺が思ってるよりもずっと大丈夫だ。やっていける。授業が始まってミニはちょっと首を傾げながら先生の声を聞いている。ついていけないんじゃないかと思ってたが配られたプリントに向けて手が動いてるからそういうわけでもないみたいに見える。あいつもしかして「勉強が嫌い」なだけでそこそこできるんじゃないだろうか。

俺は別室に通されて校長だと名乗る爺さんと向かい合う。最初にホームページに書いてあった晴風学園の趣旨だとかの話をされる。晴風学園は主に小中高で不登校になってしまった生徒が復学を目指す支援や中学卒業後にさまざまな理由で進路を見つけられなかったが進学したいと考えている人間への支援をしている。対象年齢は十八歳未満。高校生を対象としてて（中学レベルではあるが）勉強を教えてくれるフリースクールってのは結構珍しいらしい。

それから「もしも通うならば週に何回通って時間帯は午前がいいのか午後がいいのか」訊かれる。俺の希望は勉強を教えてもらえる午前中をメインにして日数もなるべく多くだが「本人の意思もあるし、もうちょっと相談してから改めて話をしたい」と答える。爺さんが頷く。

料金は一か月で三万五千円で入学金がべつに五万五千円いる。とかの説明と、資料を渡される。

三時間すこしの体験入学が終わってミニが教室から出てくる。（そのあいだ俺はぶらついてたりカーナビでテレビ見たりで時間を潰してた）田島先生に頭下げて晴風学園を出て、軽四に乗り込む。

「疲れた」

ミニがぼやく。

でも疲れながらも結構楽しかったらしいことが唇の端に浮かんだ笑みからわかる。

「飯食いに行くか」

「いいの？」

「たまにはな」

ミニをマクドナルドに連れていく。

ミニはビックマックのセットを。俺はてりやきチキンフィレオのセットを頼む。「ナゲットがいい。飲み物はコーラ」とミニが言うのでそれにした。俺はポテトとアイスティー。あたりまえみたいに俺のポテトをミニがぱくつく。バーベキューソースをつけて食べる。俺が同じようにしようとすると自分の方にソースを引き寄せて邪魔する。このやろ。

「どうだった」と俺は訊く。

「思ったほど悪くはなかった」

素直じゃないミニ的に言えば「結構楽しかった」ってことになると思う。

「てりやき一口よこせ」

「ん」

渡してやるとミニは大口開けて二口かぶりつく。半分くらいがミニの胃の中に消える。まあべつにいいけど。

「もう何校か見に行くか？」

ミニは首を横に振る。

「あまり行きたくはないが仁崎がどうしてもあそこへ行けと言うのなら行ってやってもいい」

「どうしても。お願いします」

「ならしょーがない。仁崎の顔を立ててやる」

何様だ、てめー。

俺は笑う。

ミニの祖父母、雪川の父親と母親の行方が知れる。俺の友達の友達の友達が何があったのか知っていた。送られてきたニュース記事のリンクに飛ぶ。雪川の実家は火災で全焼していて、雪川の親はそのときに亡くなっていた。

出火の原因は寝煙草だった。小さい頃は喘息を患っていた雪川の隣でスパスパ煙草を吸っていた雪川の親父の姿を朧気に思い出す。ミニにこのことは、言っても仕方ないか。他に大したことは書いていなかったので、記事を閉じる。

毎日は送ってやれないから定期券を買って、ミニは電車に揺られてフリースクールに向かうようになる。初日にできた女の子の友達とはそれからも仲良くやれてるらしくて、夕飯時にときどきその子の話が出てくる。歌島《うたじま》さん。VTuberが好きで話の大半がそれ。ミニが映画を撮ろうとしていることを話すと「絶対YouTubeに上げた方がいい」と言っている。

「完成したらYouTubeにアップするべきなのか？」

ミニが首を傾げる。

「撮り終わってからよく考えてみたらどうだ。内容がミニの内面に関わりすぎてるから、どっちかってと俺は反対」

言ってから、こいつの撮ってるものはおっさんの家に女子高生（年齢的には）が転がり込んでくる実話ベースの話で、警察には伝えてあるとはいえ未成年略取系列で俺が関わってるのがバレたら職場とかいろいろめんどくせーからネットに上げられたら困るな、ということが思い浮かぶ。

「わかった。上げない」

やけにあっさりとミニが言う。このへんは元から視聴回数を稼ぐためだとか周りに撮ってることでどうみられるとかじゃなくて「撮りたいから撮り始めた」ことの強さなんだろうなと思う。「完成したら仁崎には見せてやる」「おう、楽しみだ」俺が言うと、ミニは顎に手をあててちょっと視線を逸らしたあとで「……やっぱり見せないかもしれない」と言った。

なんだそりゃ。まあどっちでもいい。

ミニはYouTubeで例の動画編集ソフトの使い方を学んでいくつかの動画をツギハギして形にし始める。俺に撮らせたり、時々歌島さんに撮ってもらったりしている。小遣いをやりくりして三脚を買ってきて一人でも撮っている。意欲さえありゃできるようになるもんなんだなと俺はちょっと感心する。なんとなく伝わってくるそれの出来は拙《つたな》いし演者は大根役者だがはじめての作品ってのは誰でもそんなもんだろう。ミニは自分でスマホを構えて俺を撮っていくつか台詞を言わせる。「オチツケ。ダイジョウブダ。ココニイテダイジョウブダシ、ミニハアンゼンダ」大根役者が二人になる。「仁崎へたー」ミニが笑う。「このやろ」俺は半分笑いながら形だけ怒る。このことが将来的に就職に繋がるとかそういうことがなかったとしても、自分で考えて一から何か作り上げたってのはたぶんミニにとって大きな財産になる、と希望的に思う。

勉強の方は相変わらずやる気はあまりないが火曜と金曜に宿題が出てるらしくて尻叩いてやると映画と動画編集の合間に仕方なくといった風情でやり始める。宿題が終わってないと俺が見たい映画を流してミニにパソコンを渡してやらないのが功を奏したらしい。ときどき宿題の方を諦めて俺の趣味の映画を退屈そうに隣で見ていた。

ミニのおねしょはこのあたりから回数が減る。

あまりモノを壊さなくなる。俺はおそるおそる電子レンジとテレビを買い替えた。パソコンと繋いでやるとミニはテレビの大画面で映画が見れることを喜んでいた。「テレビは壊さないでいてやる」と言った。他のものも壊すな。

フリースクールで友達ができたことがいい影響を与えたんだろう。

そういう生活に、

音を上げ始めたのは俺の方だった。

部屋中からミニの匂いがする。

なんなら俺の部屋からもミニの匂いがする。なんでだ……？　入るなと言ってあるのに。あいつ俺がいないときに俺のベッドで寝てるのか？　何度か長い髪の毛が落ちていた。ソファで寝ると疲れが取れないのか。ミニにベッドを買ってやるべきかと考えるがどこからどう考えても置くスペースがない。ミニの匂いに包まれて俺は時々ミニを抱く夢を見るようになる。ミニを抱くことを考えるようになる。その考えを振り払うのに時間がかかる。連れ子をレイプする継父の気持ちとかいうこの世で一番わかりたくないものの一つの気持ちがちょっとずつわかってくる。きつい。部屋が狭いから音が隣に抜けそうで自慰もしにくい。帰りが遅くなるとあいつこのごろは自分で飯作れるようになってきたのに食わずに待ってるから、個室ビデオ店とかに寄って済ますのもやりにくい。

バイトのやつが急に休んで最上が午後のシフトの日にピンチヒッターで俺が入ってて店閉めるときに、ついには最上に「仁崎さん。んな目で見ないでもらえます？　セクハラですよ。わかってます？　いまの仁崎さん性欲が視線に顕《あらわ》れてますよ」と言われる。

「わりぃ」

作業が終わってあとはカギ閉めて帰るだけってときに最上がなんか含みのある笑みを見せる。

「今日は無愛想な仁崎さんがニコニコ愛想よくレジ打ってるのかわいかったです」

ありがとうございましたー（半音上げる）、最上が俺の声真似をする。似てない。

「そりゃ客商売だからな」

机に突っ伏してた俺が視線を上げると、ドラッグストアの制服を脱いで胸元を開けた私服に着替えた最上と目が合う。目に毒だ。俺は眉間に皺を寄せて目を閉じる。

「ああ、もう」

最上がバッグから何かを取ってポケットに突っ込んでから立ち上がった。ずんずん歩いて俺の前に来て、仁王立ちして俺を見下ろす。最上の胸のふくらみが顔の前にある。最上は見たことないぐらい楽しそうな顔をしている。「イライラするなぁ」最上がジーンズのホックを外す。「おま、何考えて」「黙れっす」唇が塞《ふさ》がれた。


……なんで職場にゴム持ってきてんだよ。

「おまえ旦那とうまくいってねーの？」

下着を履き直してジーンズのホックを留め直している最上の後ろ姿に、訊く。

「いやぁ。そんなことねーですよ。ただ義父母と同居で直樹《なおき》（最上の子供の名前だ）の面倒見てもらってて、たまの休みによしくんと出かけてもそんな雰囲気にならなくて。〝仕方ないレス〟って感じですかね」

肺の底から絞り出すような溜め息をついた俺と対照的に、最上はけらけら笑う。

「そんな複雑な気分ですか？　あたしゃべつにいいですけど」

一夜の過ち。

最上がにやにやしながら俺を覗き込む。

おまえ人のこと覗き込む癖やめろ……。

「いや、おまえってかおまえの旦那にな」

「ああね。まああっちもなんか職場の子と浮気してるっぽいし、気にすることないですよ。つってもこれはさすがにこれきりすよ？　仁崎、あたしのタイプじゃねーし。次からはちゃんと風俗行くよーに」

うるせーよ。

「つーかそんなになるまで抑えてないでさっさとあの子とヤっちゃえばいいじゃないすか。どーせあっちもまんざらじゃないんっしょ？　手ぇー出してこないと逆に女の子は複雑だったりしますよ。両性の合意があって避妊してるならセックスなんて所詮《しょせん》セックスじゃないすか」

「そりゃおまえにとってはな」

あの年頃の子供にとっちゃ違うだろうよ。

「おー。人をビッチみたいに言いやがりましたね？」

「いや、そうじゃねーけど。つかまじで悪かった……」

「謝んなって。襲ったのあたしだし」

最上は煙草に火をつける。

「ぷはー。うめー。格別すなぁ」

深々と吸い込んで、煙を吐く。

「……一本くれ」

「お。仁崎って吸うんすね」

渡してきたセブンスターを咥《くわ》えた俺にキスするみたいに自分の煙草から火を移す。なかなか火は移らなかった。長いこと顔をつき合わせてた。ようやく俺の方から煙が上がり始めた。「これやってみたかったんすけど、旦那、煙草吸わねーから」ふふふと最上が笑う。楽しそうだなぁ、おい。

俺は久しぶりすぎて、噎《む》せる。

「吸ってるの見たことねーですけど、どれくらいぶり？　あ、プライベートでは吸って、いや、ないですよね。匂いとかしたことねーし」

「十六年」

「うおぅ」

むかし雪川が吸ってたのを、貰ったのだ。たしかマイルドセブン（いまではメビウスって名前になったらしい）だった。そのときも俺はひどく噎せた。違う味のはずなのにもう忘れてぼやけていて懐かしいと感じる。


ミニはフリースクールで大喧嘩して帰ってくる。

歌島さんが「映画を撮り終わったらYouTubeに上げようよ。勿体ないよ。挑戦しないと、なんでもやってみないと損だよ」を連呼してミニが何度「これは上げないんだ」と言っても聞き入れてくれなくて。ついにはミニが怒ってしまった。子供なんて喧嘩するもんだし。しつこいとうんざりするというミニの言い分もわかる。まあミニが出来事を誇張してる可能性もあるから俺はべつにどっちの立場にも立たないけどミニの愚痴は聞く、ぐらいの立ち位置でいる。撮るときに歌島さんにも協力してもらってるから歌島さんの言い分をまったく聞かないわけにもいかないんだと。

ふうん。

ミニの口からもう何人か友達の名前が出て俺はミニが自分の世界をすこしずつ広げていることを嬉しく思う。「何笑ってるんだ」ミニに怒られる。

「いや、もう大丈夫なんだろうなって」

よくわかってなさそうなミニに「ここからミニが出て行く日はそんなに遠くないんだろうなぁと思ってたんだよ」言うと、ミニは捨てられた子犬みたいな目をした。

「私は出て行かないといけないのか……？」

「あぁ、そうじゃないよ。好きなだけいろよ。いてくれた方が俺も嬉しい」

ミニが頷いたが、なんか魚の小骨が喉にひっかかったような顔をしたままだ。

なんて言えばわかるのかな。いや、べつにミニを説き伏せる必要はないか。

「俺がミニを見捨てるんじゃない。ミニが俺を見捨てるんだ。ミニが学校に行ったり働いたりするうちに好きな男ができて、いつかそいつの手を取ってここから出て行くんだよ」

ミニは俯いた。

「そんな風に思っていたのか」

静かな、でも、私は傷ついた、と叫ぶような声だった。

俺にはミニがなぜ傷ついたのかわからない。

ミニはしばらく口を利かない。撮ってる映画に何かぼそぼそと台詞を付け足している。


九月。俺とミニの元に破滅がやってくる。

ミニの父親が見つかった、と警察から連絡が入る。あいさんはまだそちらにいるのか。あちらが迎えに行きたいと言っているが住所を渡してもいいか。いい、と答えるしかない。俺よりもミニのがずっと緊張していた。有給を取って最上に仕事を丸投げして（最上はキレてた）土曜日の昼にその男を迎える。

俺より五つ年上のくせに俺より年下に見えるホスト風の顔のいい男で髪を派手な金色に染め上げて大学生が着るような洒落た服着てうちに来たそいつは、ミニを見て舌なめずりしたように見えた。「はじめまして。木村裕介《きむらゆうすけ》です。ええと、仁崎徹さん、でしたっけ？　あいを預かってもらってありがとうございました。あとは俺が引き取るんで」

初っ端から違和感。最上は「エンコー。パパ活。どーせずっこんばっこんやってんでしょ」が最初の感想だった。警官のおっさんも「こいつら寝たんじゃねーの」と視線で疑っていた。自分の娘が男のとこ入り浸ってたらふつうは心配が先に立って俺に礼は言えないだろ。みたいなことを頭の隅っこで考える。いくらずっと一緒に住んでなかったとしても。

「美人じゃん。儲け」

木村の唇の端に嫌な笑みが浮かぶ。

ほんとにこいつがミニの父親か？　と俺は思うが、目や耳の形にたしかに同じ特徴がある。雪川よりすこしひとみが大きくて耳が小さいのはこいつの遺伝。ミニが俺の後ろに隠れる。腰のあたりを両手でぎゅっと掴む。「電話かけてもいいですか」と木村。「どうぞ」どっかにかける。漏れ聞こえてくる内容は「遠藤《えんどう》さん、お久しぶりです。十六歳抱きたくないですか。そう。見た目かなりいいですよ。処女じゃないですが。二十万でどうですか。やー、遠藤さんが買わないならあそこの公園あたりに立たせるつもりですけど。そうなったらあっという間に経験人数百越えさせますよ。初々しいのいまだけ。どうです？」だった。頭が真っ白になる。

さすが雪川の男だ。ろくでもなさが振り切れている。

五歳のミニを放って出ていけるわけだ。

こいつがミニを連れていくのか？　俺は考える。いつか出て行くと思っていた。ろくでもない男についていくんだと思っていた。でもそれはほんとうにこいつなんだろうか。

「仁崎、こわい。行きたくない」

ミニが死ぬ寸前みたいな声で言う。

俺は迷う。

実の父親。元々雪川が親権を持ってるとはいえ、親権を主張できる相手。その手からミニを奪おうとする。本格的な未成年略取になる。この場合ミニの同意は関係ない。未成年者は自己判断能力がまだ低いから親の主張が優先される。法律的には完全に他人の俺には為すすべがない。訴訟になったら負ける。刑事罰。未成年略取は罰金刑のない重罪で三か月以上七年以下の懲役《ちょうえき》。職を失う。いろんなことが頭の中を駆け巡る。俺の後ろでミニが死にそうな声を出している。どうする。渡してしまえ。小賢《こざか》しい俺が言う。どうせ他人だろ。気まぐれで抱え込んだだけじゃないか。おまえがそこまでする義理はまったくない。ミニが大久保公園で立ちんぼやっておっさんから金を引く大勢の少女の一人になったところでなんだって言うんだ。

違うだろ。もうすこしましな俺が言う。やりたくてやってるんなら。金が欲しくてそれをやってるならそれはそれでべつにいい。でもミニは映画が撮りたいんだ。視聴回数が稼ぎたいとか有名になりたいとかじゃなくてまずはただ自分の考えたものを形にしてみたいんだ。それは取るに足らない駄作で終わってなんにもならないのかもしれないが、大人が妙な形で横やりを入れてそれを歪ませるべきじゃない。ミニは正しく失敗しなければならない。次の選択肢はそれからでいい、何も遅くない。何よりミニは、はっきり言った。行きたくないって。ミニが出て行くときは男の手を取って喜んで俺を捨てていくときで、いまじゃない。そうだろ。

腹が決まる。

「帰ってください」

「は?」

「電話の内容が聞こえていました。あなたにあいさんは渡せません。お引き取りください」

木村は口端《くちは》を思いつき釣り上げて俺を嘲弄《ちょうろう》して、「あ、そう」とだけ言って、帰って行った。

その日のうちに警察が来て、俺は未成年誘拐罪で逮捕された。

とりあえず警察には全部包み隠さずに話した。

ミニは自分の母親に言われて東京から大阪まで俺を訪ねてやってきた。警察には一回行ってあの家出娘の扱いについて相談した。服とか買い与えて一旦俺の家に住ませた。フリースクールに通わせている。俺とミニの間に性的な関係はない。この六か月間、俺もミニもそこそこ楽しくやっていた。そこにあの木村という男が現れた。うちで遠藤という男に電話をかけてミニに売春させる相談をしていた。だからミニにそんなことはさせられないと思い、追い出した。

「警察にぃ？　適当なことを言っても調べればすぐわかるんですよ」

警官が言う。

「は？」

何言ってんだこいつ、と思う。すぐわかるってんなら調べろよ。そもそも木村に俺の住所が伝わったのは警察経由だったはずだ。俺が言うと今度は向こうがぽかんとしていた。相談したときにミニを連れて雪川の行方不明届を出している。ミニが来たのは三月の末ごろだからそのあたりの日付だと伝える。（随分あとになってわかったことだがあのときの担当の警察官の怠慢でミニの件は、「親が来れなかったから母親の友人を名乗る身元引受人の男に引き渡した」という通常の家出少年と同じ扱いをされていた。「父親が行方不明で母親が失踪して家賃が払えなくなって家を追い出された」という、ミニの固有の事情はまったく考慮されずに。ミニのような親の失踪なり死亡なりで保護者がいなくなったって案件は本来は児童保護施設に連絡が行って緊急保護されて親族に引き取られるか施設で面倒を見るかになるはずなのだが、児童保護施設に相談されずに放置されていたから誰もミニを引き取りに来なかった。メモ用紙をぐしゃぐしゃにしてたあのときの警官の姿が瞼の裏に浮かんだ。刺し殺してやろうかと思った）

警察に相談したしないの件はひとまず置いといて未成年略取についての聴取が続く。

いまにして思えば、あの木村ってやつはこの展開に持ち込みたくてわざわざ俺の前で電話をかけたんじゃないだろうか。このままいけば俺は有罪で実刑コース。そこへ木村は示談にしてやるから金を払えと迫る。職を失いたくない俺はしぶしぶ金を支払う。ようするにあいつはミニを迎えに来たんじゃなくて俺から金を取りに来た。どうだろう。違うかもしれない。

考えれば考えるほど「一旦ミニを引き渡して、それから策を練って奪い返す方法を考える」方が全然よかったなと思う。逮捕されてりゃ身動きもくそもない。何もできない。大間抜けな仁崎徹。

……いいや、きっとこれでよかったんだ。売られるミニの恐怖はどれほどのものだっただろう。自分がいままさに売られようとしているところを俺が目撃しながら俺に見捨てられるミニの痛みはどれほどのものだっただろう。だからたぶんあれでよかった。俺はミニを売らなかったし、見捨てなかった。たとえこのことで俺が何もかも全部失ったとしても。

そういうもんだろ。俺は幸せにはなれないんだ。幸せになれそうな道を歩いてたらそこにはぽっかり落とし穴が開いていてそこから何もかもが滑り落ちていくんだ。俺はそういう人間なんだ。水の詰まった袋に針で穴を開けたみたいに気づいたら幸福が漏れ出していてすぐに空っぽになるんだ。それに元々大したものを持っちゃいない。ただなんとなく就職してなんとなく生きていただけ。どうとでもなるさ。俺一人なら。

木村のことを訊かれて「あいさんが五歳のときに出て行ったと聞いています」と答える。聴取していた警察官二人が顔を見合わせる。「なんか変だな」という感触は警察のおっさん二人にちゃんとあったみたいだが、どのみち親権者の同意なしでの連れ去りはうんぬんという事前に調べてたことと同じことを言われる。結局警察のやることは型通りになる。

調書が勝手に出来上がってサインするように言われて、「弁護士が来るまでは待ってください」と言う。それまではさっさと仕事を終わらせたくて比較的穏当《おんとう》な話し方をしてた警察のおっさん二人の態度が一変して俺を恫喝《どうかつ》しだす。さっさと認めないと罪が重くなる。印象が悪くなる。ぶちキレながら言われる。机がドンと叩かれる。手を出したら問題になるから手を出さないギリギリのラインで周りのものを使ったり、親が泣くとかなんとかそういう言い方をして遠回しに恫喝してくる。

大抵の内容はうるせえな、四十代ぐらいのおっさんが口から唾飛ばしているのはなんか滑稽《こっけい》だな、と思いながら聞き流していたが「フリースクールだかなんだか知らねえけどよお、誘拐犯が父親気取りかよ」ってのは、ぐさりと刺さった。

父親気取り。うん。まあそうだ。だいたい合ってる。俺のやってたことは客観的に見れば父親が五歳のときに出て行ったミニの父性への飢えにつけこんで手懐けようとした。間違ってない。でもそんな風にミニがそこそこ楽しそうに笑ってたはずの六か月間を乱暴に纏めてしまわれるのは、ちゃんと痛かった。

　まあ痛かったのはこれぐらいだ。いまのところ店舗成績が悪いことに鬼神のごとく怒るエリアマネージャーの怒鳴り声の方が迫力があった。そりゃあんな店、客来るわけねーだろ、バーカ。まだ滑稽だと思えるぐらいの余裕があるのは初日だからでこれが拘留（三十日未満）になって毎日毎日続いたら心が折れてくるんだろう。

　取り調べはもちろん別室だったのだけど遠くでミニが「連れてかないで。仁崎何も悪いことしてないから」って泣き叫んでるのが漏れ聞こえててなんかおもしろかった。

　辻林が警察署に来る。（高校時代の同級生。いまは弁護士。雪川とヤッてた）

　身長が高くて鋭い顔つきをしていて半分ぐらいヤクザみたいに目をギラギラさせた細身のスーツの男が苛立たしげに取り調べ室を開ける。髪色が全然違うせいで印象は違うがそういえば顔立ちが木村と似てなくもない。そうそう、雪川が好きなのはこういう機嫌が悪そうなタイプの男だった。「飯行こうって誘ったのはぶっちしたのに都合よく呼びつけんな、ボケナス」と言う。悪かったよ。

　警官がインターホン鳴らしたときに一か八かで頼んでた（ついでに最上に逮捕されたからしばらく仕事行けねーわ。すまん。と送っといた）のだが、ほんとに来てくれるとはあんまり考えていなかった。

　辻林に弁護を依頼する書類を書いて辻林の立ち合いの元で取り調べがやり直される。

ふつうは日本だと取り調べに弁護士が立ち会うことはないのだが事実関係自体は俺が否認してないからまあいいだろうってことになったらしい。

俺はもう一回頭から同じ説明をする。「手紙」辻林が口を挟む。「雪川陽子さんが書いたというその手紙、いまはどこにありますか?」押収されたカバンの中に入れてあると言うと、辻林と警官がそれを取ってくる。「ごめん。この子のことお願い」という短い文章。

「これは仁崎さんがあいさんを預かるにあたって親権者の同意があったことを示す材料になるはずです」辻林が淡々と言う。親権者の同意があった場合は未成年誘拐罪が成立しない。そもそもあの男はミニを認知まではしていて生物学的に父親ではあるのだが厳密には雪川とは離婚が成立していていまのところミニの親権を有していない。ややこしいな。

警察官のおっさん二人が見るからに顔を顰める。

でも父親がああ言っててごにょごにょとわけのわからないことを言うのに対して「子供が五歳のときに出て行っていまさらやってきて未成年に風俗まがいのことをさせると言っている人間に子供をきちんと養育する意志があるとは思えませんが」ばっさりと切り捨てる。俺が同じことを言ったときには警察官のおっさんたちは犯罪者の言い訳みたいな捉え方をしたのに弁護士先生が言ったら「それもそうだな」みたいに頷くのは世の中クソだなと思う。何を言ったかより誰が言ったからしい。やってらんねえ。

はじめに作った調書は一旦破棄される。

取り調べは中断してべつの警官が入ってきておっさん二人が出て行く。

「バカかよ、おまえ」

辻林が言う。

「面目ねーよ」

それから辻林は「おまえの住所を雪川に教えたのは俺だよ」と言う。「こんなことになるとは想像してなかったけどな」そーか。「そっくりだな。あの子」うん。「謝る機会くらい作らせてくれよ」辻林がぼやく。嫌だよ。謝って楽になるのはおまえだけだろ。親友と信用してた先輩が好きな女と俺の部屋で3Pしてるのを見せつけられたことが謝罪一つでチャラになって堪るかよ。

おっさん二人が戻ってくる。

態度が若干違っていて話す内容も若干違っていて、どうやら戻ってくるまで俺の証言とミニの証言のすり合わせをやってたらしい。俺とミニの間に性的な関係がないこと、手紙はたしかに雪川が書いたものでミニが持ってきたものであること、木村がミニに風俗まがいのことをさせようとしていたこと、とかのだいたいの証言の一致が取れて、それからミニをフリースクールに通わせてたりで俺がミニを外界から断って洗脳しようとしてたわけじゃないことが一応確認された。それでもミニが洗脳状態で俺とミニが口裏合わせをしてる可能性もまだあるから証言の裏を取る必要があって勾留（期限十日間で延長でさらに十日）はするが、不起訴になる目算も出てきたようだった。弁護士先生もいて厄介だから。

即決逮捕で有罪にならなかったのはまあよかった。

どうでもいいと投げやりになっていたつもりだったが自分で思ってたより逮捕有罪失職の即死コースの真横をスレスレで通ってたことがプレッシャーになっていたらしくて体から力が抜けていくのがわかった。いや、まだ全然安心できる状況じゃないんだろうが。

俺は留置所に放り込まれる。

辻林が「あとでちゃんと依頼料払えよ」と言って、帰る。

急に仕事に穴開けられて最上キレてるだろーな。と、硬いベッドの上で思う。


すげー疲れた。


五日経ってだいたい「不起訴にはなるがミニは木村に連れていかれる」という状態になりそうだったのが、事態は妙なところから逆転する。木村が逮捕された。

きっかけは雪川の遺体が東京の湾岸で見つかったこと。雪川の遺体は死んでから八か月前後が経過していて大部分が腐乱してたがおそらくは溺死で近くに沈んでたバッグの中には注射器があって薬物でわけわかんなくなって川に飛び込んだんじゃないかと見立てられた。んで水没から復旧させたスマホの中には覚せい剤の売人の情報があって木村のことが書かれていた。木村は薬物の使用で前科があってアウト。懲役がついた。クスリの売人にミニを引き渡すところだったのかと思うとぞっとした。つーか父親でさえあればそんなやつにでも子供渡すのかよ。

それから警察は俺のスマホとかパソコンとかを徹底的に調べてたらしいが、そういう場所からミニの性的な画像が出てこなかった。そりゃそうだ。撮ってねーんだから。唯一出てきたそれらしきものはミニが撮ってた素人映画で警察が最初の観客になった。でもこの手の事件ではだいたいその手の猥褻《わいせつ》画像が出てくるものなんだそうだ。「撮られてない」というミニの証言と併せてその面での俺の潔白は証明された。（ミニは相当しつこく訊かれたらしい）

俺の件は不起訴で終わって、ミニの親権は宙に浮く。

俺の五日間の勾留は会社には最上が体調不良ってことにしてくれてて警察に拘束されていたことは知られていなかった。

その方がいい。十六歳の女の子を囲って警察に連れていかれたなんて知れたらたとえ不起訴でもクビが飛びそうな気がする。そうなったら辻林に頼んで不当解雇だと大騒ぎしてやるつもりだった。ついでにもう一日有給を使って休みを貰った。（最上がキレていた）

釈放されてうちに帰って玄関を開ける。と、ミニが俺に飛びついてきた。

児童保護施設にいるはずのミニがここにいることに俺はまず飛び上がるくらい驚く。（脱走してきたらしい、おい）押されて背中がドアにぶつかる。ミニはぐすんぐすん洟を啜りながら泣く。まわされた腕と熱のこもった小さな体が俺の胴体を締めつける。大丈夫だ、なんとかなった。べつにミニが責任感じるようなことはない。まで考えて、ああそうか、俺のことじゃなくて母親が亡くなってるのがわかったことについて泣いてるのか。とようやく思い至る。俺にとって雪川はほとんど死んでるも同然だったし、実際ミニを放り出したってことはどっかでくたばってるんじゃないかと薄々思っていたので心の準備ができていたけど、ミニはまるで無防備なところをいきなり殴りつけられたのだ。そりゃ動揺して当然だ。捕まったまま立ってるのがしんどくて俺は靴も脱がずにミニごと玄関に座り込む。ミニはどんな宥《なだ》め方をしても落ち着かなくてなんとか靴だけ脱いでミニを抱えるみたいにしてベッドまで移動する。

ミニは一晩中泣き止まない。でもいつかみたいにモノを壊すような泣き方でもない。俺は傍にいてしがみつかれてやることくらいしかできない。三時間くらい経ってようやっとすこし声が出るようになってミニは壊れたラジオみたいな小声で母親のろくなものではない思い出を語り続ける。悪い男にひっかかりクスリを覚えたこと。ミニを放置してあちこちふらふらと男を連れて出歩いていたこと。でも男がミニを殴ることにだけは耐えられなくてミニと一緒に家を飛び出したこと。まともな仕事ができなくて続かなくてクスリのせいで金も足りなくて風俗に逃げ込んだこと。

「〝あい〟だってさ。バカじゃん。愛より面倒くさいの方が勝ったくせに。マタニティハイでとち狂った頭でつけたんだ」

ミニは泣き過ぎて、えずく。

おい、雪川。なんでおまえ覚せい剤なんか打って川に飛び込んだんだよ。

その答えは数日後に辻林が見つけてくる。雪川がクスリ打ってわけわかんない状態でふらふら歩いていたことまではわかっていた通りだった。雪川が歩いてた時刻は夕方で薄暗かった。丁度そのときに川遊びしてた（ということになっていたが一月の川だし実際はいじめだったんじゃないだろうか？）小学生がちょっと深いとこまで行ってしまって足を滑らせた。それでもそんなに深くはなかったし仲間に手を引かれてすぐに助かった。でも対岸からは瞬間的に溺れているように見えた。「あいっ！」叫んだ雪川が川に飛び込んだ。助けようとした。クスリで脳みそがバグってて溺れてるのが自分の娘だと勘違いしたらしい。どうにか対岸の子供の元へ辿り着こうと泳いでもがいて自分が溺れた。流されていった。

というのが地元の小学生が雪川の遺体が発見されたと聞いて「もしかしたらあの人ではないか」と証言したのを、わざわざ東京まで出向いて辻林が調べて仕入れてきて俺に伝えてくれたことだった。「俺のとこじゃなかったんだよな」あいちゃんにここに行けって言った場所が。辻林がぼやく。もしかしたら辻林は俺よりもずっと真剣に雪川のことが好きだったのかもしれない。

雪川の気持ちがわかる気がする。

ミニを妊娠したとき、雪川はこれで救われると思ったはずだ。この子が私のさみしさを埋めてくれる。退屈を、空白を無くしてくれる。愛してくれる。受け止めてくれる。ふらふら揺れる私を底の底できっちり繋ぎ止めてくれる。そんな風に考えた。ミニの存在を慈しんだ。

でもミニはそういう存在ではなかった。泣き喚き理解不能な行動を取り庇護《ひご》を求める赤ん坊に、雪川は困りはてた。男はまるで役に立たなかった。ミニを愛してやらないといけなかったのは雪川の方でミニを繋ぎ止めるための錨になってやらないといけなかったのは雪川の方だった。でも雪川にはやり方がわからなかった。誰もあいつにそんなふうに接してはくれなかったから。それでも愛してなかったわけじゃない。ただ上手にできなかっただけで。

そのことを俺はミニにわかってほしかった。

ミニはやっぱり「バカじゃん」と言った。

あらためて警察に連絡してミニがいまうちにいることを話す。今度はちゃんとしたやつが対応して児童保護施設の人間がうちに来る。ミニを説得しようとするが、ミニは「何回でも脱走してやる」と言い放つ。宮崎《みやざき》という中年の後半くらいの女性職員が困りはてる。

「仁崎さんからも説得してくださりませんか？」

「だってよ。どうする？　はっきり言えば俺が面倒見るよりプロの手を借りた方がミニにとっていいとは思うんだが」

げし。ミニが俺を蹴る。ことで拒否を示す。

結局児童保護施設はべつに監獄じゃないから脱走する人間を強制収容することはできなくて、行方が知れていて親の木村が俺のとこにいることを一応知ってて児童保護施設とも連携が取れるなら様子を見るしかないんじゃないかって結論に落ち着く。ここでもやっぱり警察でどんだけつついても俺とミニの間に性的な関係がなかったことが生きてくる。

大丈夫かなぁと首を捻る宮崎が帰ってから、俺はミニに養子縁組の提案をする。

養父だったら高校とかの諸々の手続きが随分わかりやすいものになっていちいち説明する手間が省ける。ミニは即決で「嫌だ」と言う。眉間に皺を寄せる。なんで嫌なんだ？　と訊いても理由を話さない。拗ねる。駄々をこねて口を利かなくなる。何を考えてるのか全然わからない。

次の日に最上に相談すると最上は「え？　結婚したいんじゃないすか」と言う。「仁崎さんの子供になっちゃったら仁崎さんと結婚できないじゃないですか」んなわけあるかよ。「なんで嫌なんだ？　は傷ついたかもですねー。私はこんなに想ってるのに、仁崎さんは同じ気持ちじゃないんだーって」最上はにやにや笑う。うっぜえ。

俺とミニはそんなんじゃない。

「そう思ってるのは仁崎さんだけなんじゃないです？」

最上がすぐに言い返してくる。

「だって、あの子、服買いに行ったときあたしのことすごい目で見てましたよ」

ありゃ男を取られまいとする女の目でしたねー。最上がふざける。

だって。子供だぞ。

それに雪川だ。雪川なんだから俺を屈辱的に踏みにじって嘲笑《あざわら》って出て行くに決まっているんだ。そうだろ。と、ここまで考えて俺は雪川あいが決して雪川陽子ではないことにようやっと気づく。そうか、あいつは「ミニチュア雪川」ではないんだな。雪川よりひとみが大きくて耳が小さくて語《ご》彙《い》の多くない朴訥《ぼくとつ》とした喋り方をする。しんどいときには俺を頼りに泣きついてくる。モノを壊すくせがある。料理が下手で練習中。意外と社交的で初対面の相手とでも緊張さえ解ければ仲良くなれたりする。映画が好きで自分でも撮ってみたいなと（たとえそれが一過性のものでも）思っている。なんだ、結構違うじゃないか。そうか、違うのか。あいつが俺を屈辱的に踏みにじって嘲笑って出て行くことはべつに決定していないのか。

「仁崎さん？」

最上が俺を覗き込む。

自分がどんな顔をしているのかわからなかった。でも俺の顔を見た最上が変な顔してるからたぶん平常ではないんだと思う。気持ちの整理がつかなかった。出て行くんだと思っていた。だからあいつが出て行くときに気持ちよく出て行って俺のことを完全に忘れて一人で、ないしそのときミニを連れ去っていく男と二人で歩けるように整えてやることが俺のやるべきことだと思っていた。でも出て行かない可能性があるのか。

そのとき俺はどうしたらいいんだろう。

俺の元に居ついたミニに何をしてやれるんだろう。

「なんか、どうすりゃいいのかわかんなくなった」

「愛してあげりゃいいんじゃないすか？」

最上が当然のように言う。

すごく簡単に。

年齢が倍違うんだぞくそボケ。と思うし、そもそも「結婚したい」とかが全部最上の想像でしかない。最上の言うことを真に受けてミニに恋愛的な感情を抱いてそれが外れててミニの拒絶を受けて自分が一番なりたくないと思っていたイタイおっさんになるのが凄まじく嫌だった。最上が呆れる。

「いやいや、仁崎さんいまでもかなりイタイっすよ」

おまえふざけんなよ。

「でも不思議なことにそういうイタイ人間を好きになるやつってときどきいるんですよ。恋愛って理屈じゃないんですねえ」

それからうちの旦那もねー、とのろけに繋げてくる。


懲役ついて警察にいる木村に手続きを取らせてミニの住所をこっちに移す。定時制高校に通うための書類を書かせる。すげーややこしかったがミニの進学はなんとかなる。

ミニはフリースクールを卒業する。先生たちがお祝いしてくれた。

といっても繋がりが切れたわけではなくて歌島さんやその他の何人かとは連絡先を交換してひまなときにぴこぴことＬＩＮＥでメッセージを送り合っている。誰それに告白された、みたいな話を何度か俺にしてくる。顔が雪川なだけあってミニはモテる。のに誰とも付き合わない。

試しに付き合ってみりゃいいのに。と思わなくもないがそれはそれで複雑な気分になる。娘を持つ父親の気持ちってのはこんなのだろうか。

ミニは映画を撮り終える。でも俺が見せてくれと言うと「すごく恥ずかしいから見せない」とノートパソコンを抱きしめて拒否する。いや、そのノーパソ俺のなのだが。

仕方ないから俺は自分用のノートパソコンをもう一つ買う。

俺の私室に置く。

「エロいの見てるんだ！」

ミニが俺を指さして揶揄《からか》う。

「ああ、そうだぞ」

言ってやると、口を半開きにして目を見開いて慄《おのの》いていた。

俺はミニのノーパソを指さす。

「次のやつは撮らないのか」

「え、エロい、の？」

ミニが自分を抱きしめて半歩後退《あとずさ》る。

びっくりする。なぜか胸元に手をかけて一番上のボタンを弄ぶ。

「映画だよ……」

どこがどう混線したらエロいのを撮るって話になるんだよ、バカやろ。

「あ、そ、そうだよね」

首を左右に振って一通り困ったあとで「まだ考え中」と言う。

それからミニはカバンを開けて大学ノートを持ってきて俺にズイと突き出す。ネタ帳らしい。撮ってみたいことをいろいろ考えて、書き出している。見てる映画の中からおもしろかったシーンのこととかを抜き出して何がおもしろいと思ったのか考えているのだと言う。ちらっとだけ見せてもらったが半分ぐらいが人間をどんな風に惨殺するかという内容で俺は苦笑いする。俺が薦めた『ショーシャンクの空に』とか『プラダを着た悪魔』とか『風立ちぬ』とか『この世界の片隅に』とかの内容が走り書きしてあってちゃんと見てるんだなと思う。

ミニは高校の映像研究会に入る。が、映研ってのは名ばかりで部員はYouTubeとアニメの話ばっかりしていて映画が撮りたいミニは退屈する。それでも機材とかはちょっとだけあってミニははじめてまともなカメラとマイクに触れる。目を輝かせながら「重かった」とぼやいていた。

文化祭で短編映画を撮る。

高校生同士の恋愛ものだった。男がもうすぐ病気で死んじゃうとかそういうやつだ。

見に行ったのだがふつうにおもしろくなかった。

いかにも高校生の素人集団が作ったたって感じで各々がやりたいことだけをやって細部に気が回っていなかった。スケジュールが杜撰でぎりぎりになってから突貫作業で組み立てた気配が色濃く残っていた。なんとかしようとしたミニの奮闘が微かに見えた気がしたが、映画という大きなものの前で一人の力はあまりにも脆弱《ぜいじゃく》だった。

「もっとできると思った」

自分でも出来に納得がいかなくてミニはソファの上で落ち込んでいた。脚本を作ったりスケジュールを組んだりしたのは先輩だったらしいのだがそういうのをいまのミニがやろうとしても大して変わらなかった気はする。ここで投げ出すんならそれまでなんだろうなと思う。けれどミニはもっと映画に見入る。自分のいまの力を恥じてもっと上手になりたいと小遣いをやりくりして有名な監督が書いた妙に高い本を買ってきて、映画のシーンの作り方を勉強し始める。飯時に有名な監督の映画を流して一緒に見ながら三幕構成だとかプルフォーカスだとかわけのわからない蘊蓄《うんちく》を垂れていた。

毎日毎日、本とノートとノーパソとカメラに向かうミニを見ていて、俺はミニの進学先にふつうの文学部とか経済学部とかそういう大学をぼんやりと考えていたのだけど、もしもミニがちゃんと入りたいというなら映像の専門学校を選ばせてやってもいいなと思う。才能があるないとかは問題じゃない。意欲があって継続して取り組む根気があればたぶんそこそこのところまではいける。才

能が問題になってくるのはそっから先のことなんだろう。（って、将棋のプロの谷川浩司《たにがわこうじ》十七世名人が言っていた）

正月に俺の親が一回顔見せに帰ってこいと言ってくる。

これまではどうせ帰っても結婚しろとかダル絡みされるだけで一ミリも楽しくないし、壊滅的に仲が悪くて離婚したはずなのに歳食って気力が失せて頼れるものが少なくなっていった途端に元の鞘に収まり逆に気味が悪いほど仲良くなったうちの両親のことを、俺は信用していなかったからぶっちしていた。「一緒に死のう」と言った母親が俺の首にかけた指の感触をまだ覚えている。必死に蹴りつけた腹の肉のぶよぶよした感触も。中学生のときのことだった。俺を慰めてくれた雪川のことを思い出して妙な寂寥《せきりょうかん》感に襲われる。あいつもういないんだなといまさら実感する。親のことに無理やり考えを戻す。

さすがに五年も会ってないと多少不義理だしこれから先ミニのことで迷惑かけられる相手がいた方がいい気がして、そういう昔があったとしてもいまは問題ないならいい加減に一回ぐらい帰ってみるかと考える。「どうする？　こっち残るか？」ミニに訊いたら、ミニは「ううん、行く」と言うので助手席にミニを乗せて連れていく。

車で一時間ぐらいだらだら行って、住宅街にある戸建ての親の家の前に車を停める。インターホンを鳴らす。親が出てくる。六十歳の手前になって顔に皺が増えて白髪を染めて茶色にして背骨が若干丸まって身長が縮んだように見える母親が、ミニを見て目を丸くする。

「あ、あの、えっと、雪川あいと申します。あ、あけましておめでとうございます」

ミニがぺこりと頭を下げる。

「ツレの娘。ちょっと理由があってしばらく預かってる」

そこからは最上とほぼ同じ反応で「おとうさん、おとうさん、美少女が来た！」と喚いてミニを猫かわいがりし始める。厳めしいツラして子供の頃に俺がなんかやらかしたら頻繁に手を上げた父親ですら、あれも食べるかこれ食べるか寒くないか徹はきみによくしているのか何かあったらすぐ頼っていいから、とそわそわしていた。

カニ鍋をたらふく食って腹の膨れたミニを連れて夜の七時前にうちを出る。

うちの両親は俺よりもむしろミニが帰ることに名残惜しそうにしていた。

「悪かったな、付き合わせて」

「カニ、美味しかった」

そうか。そりゃよかった。

「毎日食べたい」

それは破産するから勘弁してくれ。

「仁崎のお父さんとお母さん、優しかった」

俺が子供の頃はうちもいろいろあった、と言いかけたがどう考えてもその「いろいろ」は父親が失踪して母親が薬中だったミニの「いろいろ」と釣り合わないんだろうなと思ったから言わずにおく。

「箸の持ち方、直してよかった」

そうだな。

「仁崎、ありがとう」

ミニがぽつんと呟く。

「ありがとう」

なんで泣きそうになってんだおまえ。

右手はハンドル握ったままで左手を伸ばしてミニの髪をくしゃっと撫でる。

ミニが隣で洟を啜る。

ミニは授業を詰め込んで三年で定時制高校を卒業して映像の専門学校に入る。

なんとかって映画監督が学部長をやってて講師として時々教えてくれるんだとミニが熱弁してたとこだ。本とネットで調べた知識だけで頭でっかちになってたミニに経験が伴い始める。ミニの撮り方はすこしずつ洗練されていく。

そのあたりで「仁崎は結婚しないのか」と訊かれた。

「もしかして私のせいか」

「言わせんなよ。相手がいねーんだよ」

それにミニのせいというよりはミニを見てるのが楽しい。

ミニは何か言いたそうに口を開いては閉じる。

「そっちこそさっさと恋人作ればどーだよ」

何人かの男に告白されたーとか言ってるのにミニは特定の相手を作らない。

ミニは眉間に皺を寄せる。

「言わせるな」と言う。あ？　何を？

ミニはソファの上で膝を抱える。そっぽを向いて拗ねる。

「仁崎のバカ。アホ」

「んだと。こら」

俺はじゃれついてミニの頭を掴む。髪の毛をくしゃくしゃにする。ミニが艶っぽい目で俺を見上げる。俺の肩に手を置く。弱く引き寄せる。「私からは嫌だ」耳元で。女の声で囁く。ダメだろ、と思ったが堪えきれなかった。俺とミニはキスをする。俺はそのままあっさり篭絡《ろうらく》されてしまう。散々我慢してたのはなんだったんだと思う。雪川に申し訳なくなる。でも始めてしまったら止められなかった。そのあとはとんとん拍子になる。自分が「仁崎」の姓になって仁崎と呼ぶのが変な気がすると言ってミニは俺のことを「キミ」と呼び始める。

最上に「おめでとー！」と言われる。「なんか間違ってる気がするんだが」かなり自己嫌悪がある。でもそのうちその感覚は溶けてなくなる予感はしている。

専門学校を卒業したミニは映画の配給会社の一番下っ端として働き始める。インターンで行って採用を約束してくれてたらしい。楽しそうにこき使われている。それからさらに二年してミニが妊娠する。避妊はしていたはずだったのだが。ミニはまだ働きたい、せっかく軌道に乗ってきたばかりなのにリタイヤしたくないと言う。でも俺が仕事減らすにはミニの給料はまだ頼りないし、共働きで子供の面倒を見ながらは難しい。

散々迷った挙句に俺の親に連絡して同居して子供の面倒を見てもらおうという案を出す。ミニはそれを承諾する。「孫が嫁になってさらに孫が生まれた⁉」とうちの親は驚いていた。俺たちの申し出を快諾してくれた。ただ「あんたこんな若い子に手ぇ出して！」とだけは怒られた。

元々住んでたアパートを引き払うときに、そこにいた俺が「ミニをよろしく」と言った。小さく手を振った。ミニを連れて出て行く俺は「うん、頼まれた」と言った。「ねえ、早く！」ミニが明るい声で俺を急かした。

幸福だった。

それでもまだ心のどこかで俺の人生だからどっかに落とし穴が空いていて、どうせすべてが台無しになるんだろと思っていた。不安だった。でも陽介《ようすけ》と名づけた男の子は全然まったくきわめて健康に産まれて、ちょっと体調崩すことがあってもミニかうちの親がすぐに気づいて病院に連れていって回復する。特に大きな交通事故とかにあうこともない。ミニと俺の親は多少の軋轢《あつれき》はあれど大筋ではうまくやっている。

落とし穴がありそうな場所に先回りしたミニがどんどん穴を塞いで行ってしまう。俺は「だから不幸なんだ」という言い訳ができなくなっていく。次第に幸福を受け入れていかざるを得なくなる。

ミニが陽介を抱く。

「見てよ、この不貞腐《ふてくさ》れた顔」

俺と見比べて、笑う。

「どんどんキミに似ていくね」

マウスポインターを動かす。

再生ボタンを押す。ノートパソコンの中に随分若い私が映る。

映像と同時に語り始める。

仁崎と書かれた表札を確かめる。深く息を吸って吐く。インターホンを鳴らす。出てきたのはママと同じくらいの年齢に見える男だった。正確にはママより一つ下だったらしい。「男じゃん。さいあく」私が言う。仁崎を擦り抜けて部屋に入る。仁崎は私にいくつか質問する。私はそれに答える。パスタを作ってくれる。食べる。

ひどく疲れていて私は眠りに落ちる。

警察に行く。ママの失踪届を出さないといけない。知らなかった。そうか。そういうのがないと警察はママを捜してくれないのか。仁崎が比較的まともな行動を取ることに私は驚く。ママの知り合いなんだからどうせもっと破天荒なやつだと思っていた。買い物のあと仁崎の家に戻る。しばらくこの巣を利用して体を休めたいと思う。どこかで金を奪って逃げようと考える。

ここに長くはいられない。男は嫌だった。ママと関わりのある男はだいたいろくなやつではない。

私の体に触ろうとする。私を殴る。私はいつも緊張を強いられる。

でも仁崎の声は低く、おだやかで、安定している。いまのところ私に触れようとしない。

もしかしたら仁崎は私の父親で、だから私に性的な目を向けないのではないかと考える。仁崎にそれを問う。仁崎は否定する。私はひどく傷つけられたと感じる。仁崎の巣を壊す。テレビを壊し、電子レンジを壊す。嘘でもいいから父親だと言ってほしかった。そうしたら私は仁崎の手が私に触れることすら我慢したかもしれない。そうはならない。仁崎と私が無関係なことが一番つらかった。殴られた方がマシだった。

「落ち着け。大丈夫だ。ここにいて大丈夫だし、ミニは安全だ。俺はミニと関係している。セックスでも暴力でもない関係もちゃんとあるんだ。ミニはここにいていいし、誰もミニを脅かさない。わがままだって言えよ。可能な範囲ならなんとかしてやるよ」

仁崎の言うことはいまひとつわからない。これまで一緒に過ごした年上の男性は暴力とセックス以外の関係性を私に提示しなかった。そうしなかったのは学校の先生くらいだった。

翌日。

追い出される前に、最後に昨夜の罰を受けるために仁崎を待つ。

仕事から帰ってきた仁崎は明日服を買いに行こうと言う。

私は狐に抓まれた気分になる。なぜ罰せられないのかわからない。

服を買いに行く。最上という女と一緒に。私は仁崎を盗られる気がして女を睨む。女の薬指に指輪が光っていることにしばらく気づかない。

グロテスクなシーンのある映画を見ながら私は想像の中で殺されている人物を最上に置き換える。何度か最上を殺す。服を買い、ごはんを食べて、ショッピングモールから帰る。

楽しかった。

仁崎は事実は言うが、ママのことを決して悪くは言わない。私でさえどうしようもない母親だったと思うのに。でも仁崎がママを悪く言わないことが嬉しい。

ママは私の機嫌を伺っていた。私に見捨てられたら生きていけないような顔をしていた。仁崎は違う。私を躾ける。おまえと言われたくないならおまえと言うな、食べたあとの食器の処理、映画を見るときの音量、箸の持ち方、脱いだ服の置き場所。ママがしなかったことを仁崎がする。私は仁崎との間に関係性を感じる。


仁崎の薦める映画はあまり人が死なないからつまらない。仁崎はセンスが悪い。でも自分が撮るときに人が死ぬシーンは入れにくい。ウタちゃんにケチャップで血糊していいかと訊いたら服が汚れるからと嫌がられた。「ユキちゃんはいいの?」訊き返されて、私も仁崎に買ってもらった服がケチャップまみれになるのは嫌だなと得心する。人が死なない映画を撮る参考にするために仁崎のお薦めする映画もたまに見てやる。

夜。

私はずっと簡単に眠れていることに気づく。ママが連れてきた男がいると眠れなかった。初日は疲れていたから眠り込んでしまうのはわかる。けれど仁崎が私室から出てきて居間を通って外に出て仕事に行っても、私はソファの上から目覚めることができない。おかしい。仁崎を警戒できない。油断している。

私は溶かされている。

この巣の中にいると私を長い間包んでいた緊張がほどけていくのを感じる。油断ではなかった。私は巣の中で安心している。この巣の中では悪いことが決して起きないからだ。守られていると感じる。だから眠ることができる。仁崎は「いつかおまえは出て行くのだ」と私に言う。まっぴらだ。ぜったいに出て行かない。ここはもう私の巣だ。仁崎と私の巣だ。入るなと言われている仁崎の寝室を開ける。

仁崎のいないベッドで。仁崎の匂いの中で。

ふかいふかい安らぎに包まれて私は目を閉じる。

月島 真昼 つきしま まひる

1991年生まれ。大阪府出身。第三回ステキブンゲイ大賞審査員特別賞を受賞し本作でデビュー。苦手なことは著者プロフィールを書くこと。

姉が壊れた。

2024年12月17日　初版第1刷発行

著　　者　月島 真昼

発 行 人　中村 航

発 行 所　ステキブックス
https://sutekibooks.com/

発 売 元　星雲社（共同出版社・流通責任出版社）
住所：〒112-0005 東京都文京区水道1-3-30
電話：03-3868-3275

印刷・製本　シナノ書籍印刷株式会社

Printed in Japan
ISBN978-4-434-35042-9
C0093

本書は、小説投稿サイト「ステキブンゲイ」に掲載されたものに加筆し、訂正を加えたものです。
https://sutekibungei.com/